ちくま文庫

遠くの街に犬の吠える

吉田篤弘

筑

××になった×××××の××××は「音×××者」だった。おもに××を××とし、××××の中にとどまらず、おおげさに云えば、×××のあらゆる「×」を××してきた。×に×××××をひそませ、××××んで、息をひそめているので、「××××を？」と声をかけたら――、

「×××を、××っているんです」

唇に×××指を立て、息を殺して彼は××の××を×らせた。

沈黙。そして××――。

×ったばかりの×××に乗って、私は××場の××を××していた。高い×に×まれた大きな××を横目に通り過ぎ、一転して、××を思わせる××××の××があつまる××に突きあたった。その××の角で彼は×××めて立っていた。

××えに耳を××していた。

×はいくら×を××しても、何も××えなかった。おそらく、×××には×××ているのだろう。

××における×××とは、おおよそのところ、×のそれを指す。

目次

装幀・レイアウト◉クラフト・エヴィング商會［吉田浩美・吉田篤弘］
写真◉著者

遠くの街に犬の吠える

彼の左目は、一見してあきらかに水色だった。

「センターフライが直撃したんです」

二十一年前の夏の七回裏。子供の草野球に作戦などあるはずもない。なりゆきで犠牲フライとなった凡庸(ぼんよう)な打球が八月の日射しに重なり、冴島(さえじま)君の左目にまっすぐ落ちてきた。

当時、十二歳だった彼は、その一撃から六時間あまりの記憶がない。

水色の左目

意識は最初、耳から戻ってきたという。

「くぐもって歪んだ、水の中で聴いているような音でした」

お……と……お……と……お……と……。

音？　誰かの声が「お……と……」と繰り返している。最初は意味がわからず、やがてそれが、自分の名前――「峰人＝ほうと」であると理解して、ようやく目が光を感じた。

「ほうと――」

声は父親によるものだった。

「はい」

消え入りそうな声で応えたとき、すでに彼の左目は色を失っていた。

以来、右半分は色彩を帯び、左半分は限りなくモノクロに近い奇妙な視界の中を生きてきた。幸い、左目のまわりの黒いあざは一年で消えたのだが、同時に黒目もしだいに色褪せてゆき、やがて、生まれつきそうであったかのように、水色の虹彩に落ち着いた。

「音を意識するようになったのはそれからです。音で世界を見るようになったんです」

仮にそうした事情がなかったとしても、名前に「お……と……」という響きが隠されていたことは、彼のその後の人生を暗示していたように思う。

大人になった冴島峰人君の肩書きは「音響技術者」だった。おもに録音を専門とし、スタジオの中にとどまらず、おおげさに云えば、この世のあらゆる「音」を採取していた。常に小型録音機を鞄にひそませている。たとえば、街角に佇んで息をひそめているので、「そこで何を?」と声をかけたら、

「遠吠えをひろっているんです」

唇の前に人差し指を立てて、水色の左目を光らせた。男の私でも見とれてしまうような佇まいである。

私はそのとき、買ったばかりの自転車に乗って、仕事場の近辺を散策していた。高塀に囲まれた屋敷町を通り抜け、一転して、長屋を思わせる昔ながらの家屋があつまる路地に突き当たった。その路地の角で、彼はマイクを片手に立っていた。遠吠えをひろっていたというのだが、私の耳には何も聞こえない。冴島君だけに聞こえていたのである。

都会における遠吠えとは、おおよそのところ、犬のそれを指す。

彼はこれまでに数々の遠吠えを録音してきた。彼と知り合ったのも、それがきっかけで、彼ほどではないとしても、私自身、遠吠えというものに少なからぬ関心を抱いていた。

まずもって、遠吠えなるものは、およそ白昼に聞くことがない。都会に暮らしていればなおのこと。もとより関心のない者は、「街なかで遠吠えなんて聞いたことないね」と首を振る。

だが、陽が落ちたあとに大通りから横丁に逸れたときなど、路地裏の静けさの中で、ふと、耳にすることがある。すぐそこではなく、どこか遠くで犬が吠えている。

なぜ、吠えるのか。あんな悲しげな声で――。

素朴な疑問から、私の関心は始まった。

「主張」「威嚇」「連帯」「哀切」と、その解釈は多岐にわたるが、犬の遠吠えの決定的な理由はまだ見つかっていない。

街角に佇んだ冴島君は、そうした一般的な解釈には興味がないようだった。彼には彼なりの独自な考えがあり、録音をつづけているのも、その考えに基づいているという。

それにしても、なぜ、彼の耳に聞こえて、私の耳には届かないのか。

「とても、遠いところです」

彼は佇んだまま、かすかに頭をかたむけた。もしかして、あの澄みきった左目は都会の薄汚れた空気を透視し、われわれの住む街から数十キロをへだてた、動物園の狼の遠吠えでもとらえていたのか。

「じきに、夜です」

「まだ、ずいぶんと明るいけれど」

「いえ、夜はもうすぐそこまで来ています」

冴島君は私が乗っていた自転車のヘッド・ライトを指差した。

「そのライトは、暗さを感知すると、自動的に光り出す仕組みです。光っていましたよ、いま。その自転車の目は、人の目より早く夜を教えてくれるんです」

ふたつの私鉄電車が交わるS駅の南側に私の仕事場はあった。そこから、自転車で十分ほど走った北側に冴島君の住むアパートがある。といって、われわれは二人とも下戸なので、駅前に密集する酒場で出会ったわけではない。そうした喧噪から離れた別の街の、とある録音スタジオで、きわめて事務的に知り合った。

*

そもそも、「音で小説を描いてみませんか」と提案してきたのは茜さんだった。茜は下の名前ではなく苗字で、下の名はたしか喜和子といったはずだが、皆から「茜さん」と呼ばれているうち、下の名は本人ですら忘れてしまったようだ。彼女は神田〈一六書房〉の辣腕編集者で、そのすぐれた手腕にたすけられて、私はこれまでに何冊かの小説を書いた。

「平たく云うと、吉田さんの次の小説を朗読作品にしたいんです。テキストではなくて——」

「ということは、文章を書かなくていいんですね」

私は、たいていの物事を自分の都合のいいように捉える。

「いいえ、もちろん、いつものように書いていただきたいんですが、今回は、読者へお届けする形態が、本から音になるんです」

「なるほど」

知ったかぶりをしてそう応えたものの、じつのところ、もうひとつどういうことかわからなかった。茜さんはこちらの釈然としない様子を見てとったのか、

「それでは、試しに短いものを録音してみましょう」

と間髪をいれずに催促が始まった。

私は要領を得ないまま原稿用紙五枚ばかりの掌編をでっちあげ、それが他でもない、「犬の遠吠え」をモチーフにした他愛のない昔風のコントだった。

「当面は予算がないので、朗読は著者自らお願いします」

茜さんの手腕とは、つまりこれである。相手に有無を云わせない。すかさず、日時が指定されて録音スタジオに呼び出され、勝手がわからぬままマイクに向かって、しどろもどろの朗読を披露した。

ひととおり終えてしばらくすると、録音したものが再生される段になり、スピーカーを震わせる自分の声を聞いて、茜さんと顔を見合わせた。

まるで、自分の声ではない。自分には無縁の重みと深みがある。何度もつかえて読んだはずなのに、一切のよどみが消え、言葉がするすると流れるように編集

されていた。

それだけではない。絶妙なタイミングで、まさに「これぞ」と膝を打ちたくなるような犬の遠吠えが朗読の背後に響いた。

「これで、よろしいでしょうか」

そう云いながら録音機材を操っていたのが冴島君だった。重みと深みと「するする」をもたらした魔術師である。

名刺を交換するなり、今度は冴島君と顔を見合わせた。

「近いですね、住所が」

「もしかして、〈アネモネ〉のあたりですか」と見当をつけると、「その、すぐ裏手です」と彼は親しげに頷いた。

「じゃあ、今度、〈アネモネ〉でコーヒーでも——」

＊

「父はどうも野球選手になりたかったみたいで、それで、ぼくに自分の夢を託したんです。ぼくもあの日までは、そのつもりでした」

草野球と左目のことからそんな話になり、ちなみに、話が草野球に及んだのは、その日が日曜日で、揃いのユニフォームを着た多様な歳格好の男たちが、〈アネモネ〉で祝勝会ならぬ残念会をしていたからだった。

「なんの話でしたっけ」

「どうして、録音の仕事をするようになったのか——」

「ああ、それは簡単なことです」

冴島君はコーヒーを飲みながら深々と頷いた。

「世界は音で出来ているからです。吉田さんは小説を書くひとだから、世界は言葉でつくられていると思われるでしょうが、そもそも、言葉は音からつくられています。というか、言葉の正体は音なんです。音がなかったら言葉は生まれなかったし、音がなかったら文字も生まれませんでした」

そうだっけ？

私は冴島君の水色の瞳から目を逸らした。逸らした先には、一様にうなだれた草野球チームの面々がいる。ユニフォームに陽の光と汗と泥がしみこんでいた。

「これが最近の成果です」

鞄の中から彼は何やら取り出し、「よかったら聴いてください」と、一枚のCDを差し出した。冴島君はそれを彼なりの云い方で「銀盤」と呼んでいる。

「この銀盤には、この一年のあいだに、ぼくがつかまえた音が収録されていまず」

森の奥の廃屋の軒先からしたたる雨だれの音。

ドイツ製機械式カメラのシャッター音。

ビルの屋上の避雷針を、木琴(もっきん)用のマレットで叩いた音。

野良猫のあくび。

無人駅を通過する二両編成の列車の走行音。

炭酸をコップにそそいだ音。

朽ちた林檎に羽虫がたかる音。

電球がまさにこと切れる、その瞬間の音——等々。

仕事場に戻った夜おそくに、私は部屋のあかりを落としてその銀盤を聴いた。

彼は日本中を旅しながら音をあつめていると云っていたが、説明にあった音が、あたかも標本箱におさめられたように並んでいる。どの音も、たったいまそこで鳴っているかのようで、なおかつ、どことなく耳に優しく聞こえた。中には、工事現場で鉄柱を打ち込むような轟音（ごうおん）もあったが、それですら、なぜかしら音楽のように快く響いた。

ひとつだけ気になったのは、そうした音と音のあいだに、ときおり差し挟まれる無音の存在だった。場合によっては、五分近く何の音もしない。もしや、とヘッドフォンに切り替えて音量をあげると、無音と思われた空白域に、じつのところ、わずかな雑音が録音されていた。

この音はなんだろうか。

街角で冴島君がそうしていたように、息をひそめて耳に意識をあつめると、混沌としていたその雑音が、壁ごしに鈍く響くざわめきに聞こえた。

さらに、音量をあげてみる。

ざわめきは次第に輪郭を持ち、ひとかたまりの音だったものがほどけて、ひとつひとつの声に分かれていった。何を云っているのかは、わからない。

男の声と女の声が入り乱れていた。

＊

「ぼくはあれを、昔の時間の音と呼んでいます」

銀盤をもらった二週間後に、ふたたび〈アネモネ〉でコーヒーを飲んだ。

「ときどき、紛れ込んでくるんです」

「紛れ込んでくる？」

「ああした音のはざまに、ときに、過去の時間が紛れ込んできます。というか、本当を云うと、ぼくは、それを探しているんです。つまり、過去の音です。世に録音技師はたくさんいますが、この事実に気づいているのは、いまのところ、ぼくだけでしょう」

冴島君の話を聞いていると、まだ陽が出ているのに、どこかひんやりとした夜の気配が辺りにたちこめてくるようだった。

「だって」と彼は急に子供のような声色になった。「音っていうのは、あれ、どこへいっちゃうんです？ そう思ったこと、ないですか。たとえば、夕方に寺院の鐘が鳴る。ひとつ、ふたつ、みっつ――余韻（よいん）をのこして、大きな音でたっぷり鳴ります。だけど、鳴り終わったらそれまでです。あんなに大きな音で存在感を示したのに、その存在はどうなってしまうんでしょう。すっかり消えてしまうんでしょうか。ぼくは子供のころから、ずっと考えてきました。目に見えないということで云えば、音は香りに似ています。でも、香りは、しばしば、のこります。たとえば、服にしみつきます。ずいぶん時間が経っているのに、ふと、ひらいたハンカチから、香水の匂いがたちのぼったことがありました。ぼくはそのとき、一緒に音も聞いたような気がしたんです。それで思いました。音は何かにしみつかないのか、と」

なるほど、そういえば、「岩にしみ入る蟬の声」と芭蕉は詠んだ。実際、そんなこともあるかもしれない。そう思えてくる。

あるいは、子供のころに戻って耳を澄ませば、海辺から持ち帰った貝殻に耳をあてると、そこに海の音があった。海がしみついているのだと子供のときはそう信じた。

大人の頭で考えなおしても、たとえば、布団にのこるぬくもりや残り香を思えば、なにごとかが去ったあとに、音が消えのこってもおかしくはない。

実際、「残響」という言葉があるとおり、短い時間であれば、音は消えのこる。「しみ入る」ことだってあるかもしれない。誰かが録音機器を使って留めるのではなく、誰もいないところで、音が勝手に何かにしみつく。そして、その音が、ふとしたはずみで甦る。

「問題は」と冴島君は飲みかけのコーヒーをテーブルの上に静かに戻した。「問題は、それをどうやってつかまえるかです」

彼はカップにのこったコーヒーを水色の目で見ていた。あたかも、そのカップの中で、「昔の時間の音」が鳴っているかのように。

「たとえばですね」

コーヒーの水面に彼の左目が映っていた。

いや、本当を云うと、角度の関係で私の位置から水面は見えていない。が、空想と記憶が貝殻の中に海を呼び込んだように、カップの中で、彼の左目が青白く発光していた。

「たとえば、このあいだ、あの路地で犬の遠吠えを録音していたとき、ぼくには、昔の時間の音が聞こえていました。あとで、あのときの録音を再生してみたら、あきらかに位相の違う妙な音が聞こえたんです。じつは、遠吠えをあつめているのはそのためで、合図なんですよ、犬の遠吠えは」

「なるほど」

またしても、知ったかぶりをして頷いたが、やはり、もうひとつ要領を得ない。

「犬には聞こえているんです。われわれには聞こえない過去の音が」

ああ、そういうことか――。

「なぜ、犬が遠吠えをするかというと、彼らは遠くから聞こえてくる音に反応しているんです。あれはつまり、応えているわけです」

遠く、と彼は云ったが、その「遠さ」は、おそらく距離だけにとどまらない。過去からやってくるその音は、時間的にも「遠い」のだ。犬にそうした「遠さ」をとらえる能力があるというのはなんとなくわかる。旅先で行きはぐれてしまった愛犬が、わずかな記憶を頼りに、とんでもなく長い距離を辿って帰ってきたという話を聞いたことがある。

「冴島君にも、その音が聞こえているんだ?」

「ええ。犬たちのように確実に聞きとることは出来ませんが、漠然と感じとることは出来ます。どうして、そんな能力を授かったのか——もしかして、この左目が呼び寄せているのかもしれません」

＊

彼の声を頭の中にぼんやりと残したまま、路地の端を自転車を押して歩いた。

さて、どこまで信じていい話なんだろう。

彼の左目が見ているのは、この世に存在するけれど見えざるものなのか。それとも、彼の頭の中だけにある、この世ならざるものなのか。

ふたつは似ているけれど、ずいぶんと違う。

茜さんが云っていた。

「見えないけれど、間違いなくそこにあるもの。音の小説では、ぜひ、そうしたものを描いてほしいんです」

私はしばらく路地の端でたちどまり、夕方の冷たい空気を吸い込んで、また歩き出した。

夜までには、まだ少し間がある。

そう思っていたが、忍び寄る暗さを感知した自転車のヘッド・ライトが、ふいに目をひらいたように光り始めた。

まったく思いがけず、見事な桃が送られてきた。木箱入りである。白井(しらい)先生からのお返しだった。産毛をまとった目の覚めるような白い桃で、海老で鯛を釣るとはこのことだろう。私が先生への進物に選んだのは、ごくありふれた煎餅(せんべい)の詰め合わせだった。

とはいえ

「桃は、まことに神様からの贈りものです。最初にふたつに切り分けておくと、皮がむきやすいですよ」

桃の話をするとき、先生はどこか陽気だった。

「ただし、桃は年じゅう食べられないのが残念です。その点、煎餅というものは、いついかなるときでも格別な味わいを提供してくれます。ゆえに、ぼくは煎餅こそ、真に尊い食べものであると信じて疑いません」

その言葉が忘れがたく、先生に感謝のしるしを示すときは、こちらの経済的事情もあって、いの一番に煎餅を選んできた。しかし、煎餅のお返しに桃が送られてきたのは初めてのことで、恐縮しながら、拝受の葉書を書きかけたところへ先生の訃報が届いた。先生の一番弟子である水島(みずしま)さんからのメールだった。

《吉田君、どうか落ち着いて聞いてください。白井先生が、今朝、亡くなりました。》

いつもの話しかけてくるような文面は変わらなかったが、書かれてあることが、あまりに唐突で、何度読んでも飲み込めない。

「だって、昨日、桃が届いたばかりですよ」

パソコンの画面に向かって、こちらも話しかけるように水島さんに応えた。

「いま、冷蔵庫で冷やしているところです」

《先生のご遺言に従い、通夜と告別式はおこないません。斎場で最後のお見送りをします。》

「そうですか」

自分の声がアパートの部屋に鈍く響いた。

いつからか、先生は遠い存在になっていた。それは、もちろん先生のせいではなく、こちらが意識的に距離を置いていたからだ。

「君は君で、言葉を探す仕事をするわけですね」

私が学問や研究の道を選ぶことなく創作の方へ進んだとき、先生は、「表現は違うけれど、もとめるものはきっと同じでしょう」と、俯(うつむ)いたまま、そうおっしゃった。

その横顔を思い出し、晩飯の食材の買い出しに、駅の向こうのスーパーまで俯いて歩いた。

夕方のその時間に駅の向こうへ行くには、東京で三本の指にはいると云われている「開かずの踏切」を渡る必要がある。その名に違わず、はたして、偶然なのか、それとも、自分の運の無さなのか、ひどいときは二十分近く待たされる。各停、準急、急行、特急、さらには回送までもが、右から左へ、左から右へ走り抜けて、こちらの視界を遮る。

じりじりと待つあいだにも、「そうですか」と繰り返した。勝手に「そうですか」と口からこぼれ出る。

こぼれ出た自分の声が、他人の声のようだった。

*

先生は「遠い存在」になっていたが、春が終わるころに、思いがけず、葉書を頂いた。桜が散り終わったあとの妙に風がうるさい午後で、風の音の隙間をぬって、郵便受けに「ことり」と一枚の葉書が届いた。そんなはずはないのだけれど、「ことり」と音が聞こえたような気がして、少ししてから確認すると、郵便受けの暗がりの中に、萬年筆の青インクがにじんだ先生の字がぼんやりと光って見えた。これまで、新年の賀状以外に、先生から葉書を貰ったことはない。

「こうしたものを書き送るので、君はぼくをアナログな人間だと思うでしょう。しかし、最近のぼくはスマート・フォンなども操るデジタル派ですよ。まったく、デジタル機器のおかげで、『バッテン語辞典』の編集がはかどっています。この調子なら、ぼくの目の黒いうちに刊行できるかもしれません。ところで、デジタルの恩恵はもうひとつありまして、先日、たまたま目に留めたウェブサイトで君の朗読を聞きました。朗読そのものには、いくつか注文をつけたいところもありましたが、声をつかって伝えてゆくことは、ぼくの仕事にも大いに通じるところがあります。どうか、末永くつづけてください。」

もし、この葉書が送られてこなかったら、先生に煎餅を送ることはなかった。

葉書の文字を追ううち、時間が学生のころに戻り、煎餅を前にして猫のように目を細めている先生の顔が甦(よみがえ)った。たとえ、ひと袋数百円の安い煎餅であっても、先生はじつに嬉しそうに「なによりのもの」と称した。

思えば、おかしな人だった。

とはいえ、自分は他に先生の何を知っているだろう。

たしか、岡山の出身で、おそらくは七十歳を過ぎている。浮いた話のひとつもなく独り身で通し、「ぼくには身寄りというものがないんです」と常々云っていた。若くして某出版社の辞典編集部に配属され、

「一冊の辞典をつくることは、その一冊から省かれたもう一冊の辞典をつくることに他ならない」

と、ある日気づいた。

言葉は人の口から口へと伝えられるうちに変化し、更新されるたび、それまで使われていた古い言葉は忘れられていく。その過程が記録されていればまだしも、生い立ちや履歴のわからない言葉が山ほどあった。記録されなかった言葉、あるいは、あえて抹消されてしまった言葉。それらを丹念に拾い集めれば、生きのこった言葉で編まれた辞典と同じかそれ以上の厚さをもった「見知らぬ言葉」の辞典をつくれるはず。

「いや、つくるべきです」
そう決意して、先生は省かれた言葉および事柄を「バッテン語」と呼び、「ぼくは、一生をバッテン語の収集に捧げたい」と宣言したのだった。バッテンとは「×」のことで、取捨の「捨」とみなされて、×印が表書きされた茶封筒に封印された言葉を意味する。
先生はその封印を解き、宣言どおり、二十四歳の春から『バッテン語辞典』の編集に取り組み始めた。以来、およそ半世紀、通常の編集業務をこなしながら、独自にこつこつと積み上げてきた。
半世紀のあいだに、先生に教えを乞うたアルバイトの学生は、水島さんの報告によると、
《総計百十二名にものぼります。わかりますか吉田君、われわれも経験したあの濃密な時間が、この五十年のあいだに百十二回も繰り返されてきたのです。》
我が身を振り返って、いまに至る道をさかのぼってゆくと、やがて学生時代の三十年前に辿り着く。そこだけ樹々が密集した森のような彩りがあり、その中心に黒ぶち眼鏡の白井先生がいた。われわれは、先生の博識と洒脱(しゃだつ)と根気に、いつ

も圧倒されていた。

「君は、言葉が好きなの？」

　ある日、学食で辞典をひらいたまま食事をしていたら、背中の方から先輩に声をかけられた。

「いい仕事があるんだけど」と誘われ、軽い気持ちで始めたアルバイトだったが、先生のもとで働いた者は、誰もが魔法にかかったように先生の弟子を自ら申し出て任じていた。時間の長さに対して、百十二名という人数が多いのか少ないのかわからない。ただ、名もなき一編集者が、これほど多くの弟子を持った例が他にあるだろうか。

＊

　ところが、訃報を聞いて斎場に集まったのは、わずか十一名だけだった。

　水島さんのように、私よりずっと歳上の人もいれば、現役の学生と思われる歳若い人たちもいる。流れた時間の長さは実感できたものの、「そうですか」と、また他人のような声がこぼれ出た。

というのも、何人かの学生が先生に関する噂話をひそひそと交わすのを耳にしてしまったからだ。こちらとしては、いま、そういう話は聞きたくないんだけど、としきりに念じたが、少ない列席者の中に身を置いてしまったら、その場を離れることも、ままならない。

いや、そんなことより、これはかねて疑問に思っていたのだが、どうして、人間の耳というものは閉じることが許されないのだろう。人間の頭部には、いくつかの穴があるが、眼や口は手でふさがなくてもシャットダウンできるし、鼻への流入も息をとめて防ぐことができる。が、耳だけはそれが叶わない。もちろん、掌(てのひら)でふさげば、「見ざる、云わざる、聞かざる」のひとつに数えられているとおり、「聞かない」状態を得られる。が、他の部位は掌を使わなくてもストップできるのに、なぜ、耳はそれが許されないのか。

「やはり、彼女は来ていないですね」

耳が勝手に彼らの囁(ささや)きを聞いていた。

「彼女」が誰を指しているのか私は知らない。しかし、声をひそめる必要がある「彼女」の存在が晩年の白井先生にはあった。彼らの話しぶりから察すると、そ

の「彼女」が、この場にいないことこそ、噂が事実であることの証しになってい
るようだった。
そうした事実と噂をひっくるめたその場の空気が棺の中に封じられ、いままさ
に蓋を閉じようとしたところへ、
「すみません、遅くなりました」
背後から、快活な男の声が響いた。
はたして、タイミングがいいのか悪いのか、その場の張りつめた空気を緩和す
るようにあらわれたその十二人目の列席者を振り返ると、
「あ」
こちらも向こうも声をあげて目を見合わせた。喪服でいつもと様子は違ってい
たが、その水色の左目はひときわ異彩を放っている。
冴島君だった。

*

「河原へ出ましょうか」

斎場からの帰り道に、冴島君の言葉に促されて土手をのぼった。

誰が書いた小説だったか、主人公が長い橋を渡って川向こうの斎場へ出かけ、葬儀を終えてふたたび橋を戻るときに、「清らかな別れは過ぎて、現世の塵芥にむせかえるよう」と胸のうちにつぶやく。それから少し間をおいて、「それもまた愉し」と付け足す。

土手をのぼりきると、川の向こう岸に「現世」が見え、さっさとあちらへ戻りたいような、もう少し、こちらの「清らかな」時間に留まりたいような、ふたつの思いの板ばさみになる。

「こういうときは、まっすぐ帰らない方がいいんですよね」

青空を映してゆったりと流れる川の端に、平屋づくりの小さな食堂があった。赤い文字で「氷」と書かれた旗が風に揺れている。

「ぼくは、ここへ何度か来ています」

風の音にまぎれて冴島君の声の輪郭がぼやけた。「来ています」というのは、川べりに建てられた斎場を指しているのか、それとも、目の前の食堂のことを云っているのか――。

戸を開け放した店は、われわれ以外に客はなく、申し訳程度に扇風機がひとつまわっていた。しかし、暑くはない。川面をなぶって吹いてくる風だけで、充分に涼やかだった。

席につき、壁に貼られた品書きをひととおり眺める。

「とはいえ、氷というのも――」

不意に、冴島君が、「とはいえ」と切り出した。

「とはいえ、そうだよね」と私もすかさず同意する。

この、「とはいえ」の前には、おそらく「下戸(げこ)」の二文字が暗に示されていた。

「先生が、よくそう云ってました」

「うん。とはいえ――ってね」

「いきなり前提を省略して話し始めるので、いつも戸惑いました」

冴島君の話を聞くうち、われわれが、それぞれ『バッテン語辞典』の編集を手伝っていた時期は二十年近くの隔たりがあるとわかった。が、「とはいえ」が繰り出されたとたん、その隔たりはすっかり消え、

「制服みたいですよね」

二人が同じ黒い服に同じ黒いタイを結んでいることを指し、冴島君は笑いをこらえるように口もとをゆるませた。

「なんだかおかしいですよね、喪服って。年齢も関係なく、こんなに皆が同じ格好をしているのって、他にないですから」

云われてみれば、たしかにそのとおりで、その指摘は、彼の考えというより、いまここにいない先生が、いかにも口にしそうなことだった。

われわれは飲めない酒を注文し、かたちばかり、舐めるように少しずつ口に含んだ。

「ぼくたちが、いまここでこうして献杯をしているのは偶然なのでしょうか」

さて——。

冴島君の問いに、私は先生の声色で答えた。

「とはいえ、君、そこに少しでも人の意思が加わったら、偶然と思われたものは、軒並み必然にひるがえる」

「そっくりです」

「学生のとき、得意だったからね、先生の物真似」

「でも、いまの言葉って、どういう意味なんです？」

「さぁ」と私は首をかしげた。「たぶん」と酒をちろりと舐め、「一見、偶然に見えても、そこには案外、人の意思がはたらいているものだよ、と先生は云いたかったのかな」

「われわれには、偶然がふたつ重なったわけですよね」

「ふたつ？」

「ええ。名刺を交換したら同じ街に住んでいるのがわかって、そのうえ、同じ先生の弟子であったこともわかって――」

私は頷きながら、「偶然は意外に重なってゆくものだからね」と、これまでの経験に即して答えた。

「どういうことです？」

「最初の偶然で、それまで眠っていたものが起き上がったら、そこから先はもう、偶然というより、ひき起こされた必然を、ひとつひとつ確認しているだけなのかもしれない」

「それを先生は、意思と呼んだのでしょうか」

「先生の言葉は、ときどき謎かけみたいだったからね、これはもう、答えのない宿題だね」

「はたらいているんですか、ぼくらの意思」

「そうだなぁ」

私は猪口（ちょこ）を置いて、川の方を眺めた。

「もしかして、冴島君に興味を持ったのは、うまく言葉に出来ないけれど、どこか白井先生的なものを感じたからかもしれない」

「ああ」と冴島君も川の方を見た。「それはたしかに。ぼくは間違いなく先生の影響を受けて、いまの仕事をしていますから。先生に言葉の成り立ちや語源の面白さを教わって、そこからさらに掘り下げていったら音に辿り着いたんです」

話すうち、一匹の白い猫が、もっそりと店の中にはいってきた。われわれのことなどまったく見向きもせず、体をふるわせて大きくのびをしている。

「さぞや、無念だったでしょう」

冴島君は、川へ向けていた視線を猫に移して話しかけた。

「そもそも、先生は思っていることを口にしなかったですし」

私は葬儀のさなかに聞いた「彼女」を思い出していた。

「われわれの知らないことが、沢山あるんだろうね」

「ええ。とはいえ――話が戻りますけれど――われわれが――つまり、先生の弟子であったわれわれが、同じ街に住んでいたというのは、やはり偶然じゃないでしょうか」

「そうだなぁ」と私は先生になりきって考えた。「とはいえ、アパートを選んだのは自分の意思だからね。おかしな云い方だけど、あの街が、どことなく白井先生的なものを隠し持っているのかもしれないし」

*

アパートの部屋に戻ると、妙に部屋の中が静かで、その静けさに耳を澄まして、しばらく、ぼんやりとしていた。

そうして、どのくらい時間が経ったろう。

ようやく、我に返って喪服からTシャツに着替え、冷蔵庫から桃が入った木箱を取り出してきて、おもむろに蓋をあけてみた。

そのとき、蓋の裏に先生からの封書がセロハンテープでとめてあるのに気づいた。

中をあらためると、便箋に萬年筆の青インクがにじんでいる。

「このたびは、なによりのものを有難うございました」

震えるような文字で、ただ一行きりあった。

「最初にふたつに切り分けておくと、皮がむきやすいですよ」

先生の言葉を反芻（はんすう）し、云われたとおりに包丁を入れると、ほどよく熟れた白い桃は、一瞬、身がすくむような鮮やかな赤い果肉を中から覗かせた。

私の話を聞きながら、茜さんはときおり視線を逸らし、ため息に似た息づかいで、「ああ」と繰り返した。それから、「ええとですね」と唇を巻き込むように嚙んで目をしばたたき、「困ったな」と、ほとんど聞きとれないくらいの小声でつぶやいた。

いいことでも悪いことでも、留意してしかるべき事情が話されるとき、茜さんは必ずこの癖を披露する。

10

烏天狗の声

神保町のビリヤード場の二階にある〈純喫茶ララ〉の窓ぎわの席で、われわれは、すでに小一時間、向かい合わせに座っていた。

「云いませんでしたっけ」

茜さんはどこか申し訳なさそうだった。

「冴島君とわたしは、高校で同じクラスだったんです」

「本当に？」

私は通常の五割増しくらいの声量になっていたと思う。

「彼は何も云ってなかったけれど」

思わず、声が裏返ってしまった。

「ええ。彼はそうしたことに無頓着というか、忘れっぽいというか」

そうだったのか。

「ですから、吉田さんと冴島君が白井先生の弟子だったというのは、偶然かもしれませんけれど、その前に、二人とも、わたしの知り合いだったわけです」

なるほど、初めて冴島君とスタジオで顔を合わせたとき、茜さんが妙に親しげに彼と挨拶を交わしていたのは、そういうわけだったのか。

「話の腰を折るようで申し訳ないんですが、もともと因縁のあった二人が、ここでこうして出会ったのは、そういうわけで、決して、出会い頭の偶然ではないんです」

ともすれば、神秘的な現象にすらなりかかっていた私と冴島君の出会いから、茜さん、手際のいい編集者らしく、あっさりと「偶然」を引いてみせた。

いや、しかし、そうは云ってもどうなのだろう——。

考えようによっては、さらに込み入った偶然が起きたのかもしれない。私と茜さんは仕事を介して知り合い、冴島君と茜さんは、かねてよりの知り合いだった。そして、私は冴島君と知り合いだったわけではないとしても、いわば、同じ門下生だったのである。

そこに、偶然は働いていないのか。

それとも、世の中というのは、おしなべてこんなものだろうか。

天気予報の区分けから云えば、三人は間違いなく同じ空の下に暮らしてきた。だから、こうした接点が重なってくるのは、ある程度、歳をとったら当たり前なのかもしれない。

たまたま、茜さんを介して、近所に白井先生の弟子がいたことを教えられたが、そうしためぐり合わせは、きっと、いくらでも転がっているのだろう。記憶をたぐり寄せれば、「ああ、あのときの」と声をあげてしまうような人たちと、知らず知らず、日々、何度もすれ違っている。たぶん、そういうことだ。

「でもですね」

茜さんは小さく首を振りながら、かすかに笑みを浮かべていた。

「わたしなりに、偶然を感じるところもあって」

私が自分と冴島君の偶然について話していたのに、いつのまにか、こちらが彼女の偶然に巻き込まれつつあった。

「じつは、わたしも白井先生の辞典づくりをお手伝いしたことがあったんです。といっても、ほんの一週間くらいだったので、わたしは、お二人のように弟子なんてとても云えません。ただ、ひとつだけ忘れられないことがあって、白井先生の声がわたしの祖父の声とそっくりだったんです。そのとき、すでに祖父は亡くなっていましたが、わたしの記憶の中にある祖父の声が、本当に、話し方まで白井先生の声によく似ていたんです」

茜さんは、冷めかけた紅茶を喉を鳴らして飲んだ。

「それを、いま思い出して、そこにもうひとつ、冴島君が云う遠吠えの声というか——むかしの音でしたっけ？　まだ充分に理解したとは云えませんが、その話を重ねて思うに、わたしはどうやら、祖父や白井先生のああいう声を、静かな部屋でずっと聞いていたいな、と思ったのでしょう」

「ええ」

「つまりですね」

茜さんは逸らしていた視線を元に戻した。

「つまり、わたしが吉田さんにお願いした、声で物語を描くというのは、きっと、そんな声を——過ぎてしまった時間の中にある声を、見つけていただきたいんだと思います」

「それって」と私が云いかけて言葉を探していると、

「いえ、亡くなった方たちの声を再現しようというのではありません。そうではなく——なんでしょう、なにか、あらぬ方から聞こえてくる声というのか、そういうものを探り出してほしいんです」

喫茶店のテーブルに午後四時四十五分の西陽が射し、「ふうむ」と腕を組んだ私から、茜さんはふたたび視線を逸らした。彼女もまた、「ふうむ」と息をつき、それから、意を決したように「夕方になると」と彼女は口をひらいた。

「夕方になると、祖父が話してくれた昔のことが思い出されて、とりわけ印象的だったのが、烏天狗（からすてんぐ）の話なんです」

*

茜さんの祖父がまだ少年であったころ、少年の住んでいた家は東京の西のはずれにあり、家の裏手には緑深い山林がひろがっていた。といって、山中というわけでもなく、街なかの学校からいちばん遠い家ではあったけれど、近くに大きな材木工場があり、そこに働く男たちが通う食堂や床屋や煙草屋が近所にあった。だから、「人里離れた」というほどではない。いわば、そこが街の果てで、そこから先は、山と呼ぶのがふさわしい、境界のようなところだった。

いずれにしても、少年は街なかの仲間たちとよく遊び、そのうえ、山林をかけまわって、日暮れまで時を忘れた。毎日、服や手や膝小僧や頬に、薄墨をはいたような汚れをつくって家に帰ってきた。

　少年の母親は、たまりかねて玄関の外に洗面器に水を張って置いておいた。家に入る前に、手と顔を洗って、汚れを落とすようにと少年に命じ、だから少年は、昼が終わって夜に差しかかる、夕方のいちばんうす暗い時分に、洗面器の前にしゃがんで、水を両手ですくっては、不器用に手と顔を洗っていた。

　烏天狗を見たのは、その夕方の禊(みそぎ)の最中(さなか)である。

　洗面器の水面に、自分の顔ではない異形の者がうつっていた。少年の肩ごしに水面を覗き込むような格好だ。

　はじかれたように振り向いたが、誰もいない。

　が、振り向いたまま気配を察して仰ぎ見ると、玄関から突き出た廂(ひさし)の上に、黒いかたまりのようなものがうずくまっていた。

「あ」と一声、少年が発した途端、一見、烏にも見えた黒いかたまりは、わさわさと音をたてて、倍の大きさに膨らんだ。にわかに人のかたちを成して廂の上に立ち上がり、黒光りする碁石のような瞳で少年を見おろしていた。羽ぼうきをひとまわり大きくしたくらいの黒い羽が背中の後ろではためき、ちょうど、猫が尻尾を振ってみせる要領で少年に合図を送っているようだった。

　少年はそれに応えようと、両手から水をしたたらせて立ち上がり、その様子に驚いたのか、黒い異形の者は、二枚の羽をなおさら強くはためかせて身をひるがえした。羽から散らばった黒い羽毛がゆっくり少年の頭上へ落ちてくる。少年がそれをつかみとらんとした刹那（せつな）、異形の者は音もなく姿を消していた。

　それが、烏天狗であったと知ったのは、少年が成人したのち、いくつかの書物にあった図像や、大きさもそのままに象（かたど）られた数々の彫像を目にしたときだった。まったく記憶の中の異形の者そのもので、鳥と人が混在した引きしまった顔、頭の上に載せられた冠のようなもの、色を排した質素な出で立ち——すべてが符合していた。

「祖父は、その話を何度も話してくれました。あとになって知ったんですが、わたし以外の子供たち——わたしの弟や従兄弟たちには話さなかったらしく、誰も、そんなこと聞いたことない、ねぇ、キワちゃん、それ、夢でも見たんじゃないのって。でも、そうじゃないんです。証拠として、祖父はそのとき掌（てのひら）につかんだ黒い羽毛を大切にしまっていて、ほら、これがそうだって、わたしに見せてくれたんです」

そう云って、茜さんは天から降ってくるものを受けとめるように掌をひらいてみせた。あたかも、黒い羽毛がそこに舞っているかのように。

「わたし、できればその話を書いてほしいんです」

そう云いながら、茜さんは、わずかに覗かせた舌の先で、唇の端をちろりと舐めた。

「その話って――」

「烏天狗の話です。このあいだのは短いものでしたが、次はもう少し長いものを朗読してほしいんです。むかしの連続冒険活劇みたいに。それで、思いついたんです。これは編集者としての勘です。わたしと冴島君と吉田さんがいて、白井先生がいて、さらに祖父がいて、その偶然とも必然ともつかない連鎖が呼び覚ましたのは、廂の上からこちらを覗いている烏天狗でした。ぜひ、彼を主人公にして、彼に語らせてほしいんです」

「彼に？」

「烏天狗にです」

「おじいさんじゃなく？」

「ええ。その無言で去った天狗が、一体、どんな声で話すのか、どんな話をするのか、どうしても、それを聞いてみたいんです」

「ええと――それはあれですか、烏天狗になりかわって語るということですか」

「そうですね、そういうことになるでしょうか」

これである。

どうぞ、御自由にお好きなものをお書きください、などと云っておきながら、茜さんは、こうして有無を云わさず、「そうしましょう」と勝手に決めてしまう。しかも、私でも冴島君でも白井先生でも彼女の祖父でもなく、よりにもよって、烏天狗の語りを再現してほしい、と無茶なことを云う。

「しかし、急に天狗の話を書けと云われても――」

「どんな声だったと思います？」

「いや――というか、その話、本当の話なんですか」

「もちろん、本当です。少なくとも、わたしは祖父から三度は聞きました。それに、昔の云い伝えをあつめた本なんかを読んでいると、よく出てくるんです、烏天狗」

「その天狗たちというのは、実際、喋ったんですか」

「ええ、祖父の見た小さな天狗は無口でしたが、大きな天狗の中には、街へおりてきて演説をしたという話ものこっています」

天狗の演説か。たしかに聞いてみたい気はするが——。

「しかし、いまの話だけでは——」

「おまかせください。資料は、わたしが集めておきます」

いや、そういう問題ではないんだけど。

「ひとまず、集まったら、ご連絡さしあげますので」

茜さんは急に立ち上がり、

「ごめんなさい、会議の時間になりました」

そう云って伝票をつかむと、シャツの裾をひるがえして、さっさと会社に戻ってしまった。冷めた紅茶がテーブルにのこり、西陽はいよいよぎらつき出している。目を閉じると、得体の知れない残像がまぶたの裏でうごめいた。

私はひとり、西陽に染まった喫茶店を出て、帰路に就くべく駅に向かって歩いた。仕事を終えた人たちの雑踏をすり抜け、そのとき、その雑踏にオーバーラップするかたちで、ふと、祖父の声を耳の奥に聞いた。

いまは亡き、私の祖父の声である。

「あのな、卵を入れると、ぜんぜん違うんだ」

なぜか、祖父の言葉の中で、群を抜いて印象にのこっていたのがそのセリフだった。何の話かというと、立ち食い蕎麦の話で、コレステロールを気にしながらも、祖父は必ず半熟に茹でた卵をひとつ追加していた。

夕陽がビルの向こうへ消え、夜を迎えつつある駅の構内に、湯気のたつ一角を見つける――。

無性に食べたくなって、迷わず駆け込んだ。注文は、無論、半熟卵つきだ。

食べながら、丼の水面に自分の顔がうつっているのに気づいた。

いや、それだけではない。

蕎麦をすする自分の背後から、卵を狙うように丼の中を覗き込む烏天狗の黒い瞳と黒い嘴(くちばし)を、湯気の向こうに、たしかに見たような気がした。

＊

それから、およそ一週間後、夜遅くに茜さんからメールが届いた。

《資料が抱えきれないくらい集まりましたので、明日の午後一時に、いつもの店ではなく、出来ましたら、当社までお越しください。》

例によって、有無を云わせない内容だった。

意外な内容でもある。というのも、私が〈一六書房〉に招かれるのは初めてのことで、その社屋は、「日替わりでいろんな幽霊が出るくらい古びたビルです」と聞いたことがあった。

が、それ以外のことはほとんど何も知らない。元は名を馳せた貿易会社の支店として建てられたビルだったが、その会社が倒産して、破格値で売りに出され、「条件つきで買い取った」という話は、茜さんに限らず周囲の人たちから何度か聞かされてきた。

場所は知っている。前を通りかかったこともある。至って小ぶりな地味なビルで、堅実な社風に見合って、派手な宣伝の垂れ幕などは見られない。住所は神田神保町だが、古書街からはずれた川の近くに位置し、川を渡ると、すぐに九段下で、そこから飯田橋駅の方へ五分ほど歩いたところに、私の父が働いていた小さな印刷屋があった。子供のころ、父に連れられて、何度か来たことがある。

そうした記憶のせいか、駅から歩いて〈一六書房〉に近づくほどに印刷インクの匂いが甦ってきた。そこへ、カレー屋から漂うスパイスの香りや、天丼屋のごま油の匂いが入りまじり、この街の昼どきならではの様相を呈していた。もっとも、時刻は一時に近く、その辺りで働いている人たちが、すでに昼ごはんを食べ終えて、コーヒーでも飲んでいる頃合いではあった。

念のため、地図を片手にしばらく歩くうち、一瞬、ひるんでしまうほど立派な玄関を持った〈一六書房〉に辿り着いた。が、やはり昼どきで社員の姿は見られない。古びた社屋は気味悪いくらい静まり返り、ただひとり、留守番役として玄関ロビーに待ちかまえていたのが、かねて、噂に聞いていた体重百三十キロの大橋さんだった。彼女は特注の巨大な車椅子に巨大な尻を押し込み、車椅子の肘掛けには、駄菓子の詰まったビニール袋と赤い水筒をぶらさげていた。

「あなた、作業員の方でしょう?」

大橋さんは左の目に眼帯をしていて、右目を猫の目のように動かしながら、ひととおり私を観察してそう云った。

作業員。たしかに云われてみれば、この会社にとって、私は作業員のひとりかもしれない。

「誰に頼まれて、いらっしゃいました？」

大橋さんの喋り方は、いかにも昔から東京で暮らしてきた人のそれで、噂によれば、彼女こそ、このビルの真の主であり、ビルを買い上げる際の「条件」そのものでもあったという。

すなわち、彼女の亡くなった御主人は、倒産した貿易会社のオーナーで、彼は会社の終焉を予期して自ら命を断ち、未亡人となった大橋さんは家屋も手放して、住むところを失ってしまった。それで、ビルの中に彼女の住居を確保し、生涯、無償で提供することを売り渡しの条件としたらしい。

「あの、今日は茜さんに――」

私が言葉に詰まりながらそう云うと、

「ああ、彼女なら大時計の隣のドアをあけてごらんなさい」

大橋さんは、ロビーから二階へつづく階段を指して云った。

「そこが仮眠室ですから」

茜さんは徹夜をして、いまはまだ眠っているという。大橋さんに頭をさげて、云われたとおり階段をのぼると、建物全体の大きさに比して階段が無駄に広く感じられた。外気とどれくらい温度差があるのか、やたらにひんやりとして薄暗い。階段をのぼりつめると、探すまでもなく、高さ二メートルほどの、たしかに「大時計」と云うしかない前時代的な時計が据えられていた。

人の声もなく静かなせいで、時計から響く機械の音が耳につく。まるで時計の内部構造が透けて見えるかのようだった。

ゆったりした時計のリズムに歩を合わせ、その先にある灰色のドアの前に立つと、目の高さに〈仮眠室〉のプレートがあった。

ドアノブをまわすと、鍵はかかっていない。

難なくドアは開き、部屋の中は、閉めきられたカーテンごしの淡い光に充たされていた。簡易ベッドが三つほど並んでいる。

そのいちばん手前のベッドに、こちらへ背を向けて眠っている茜さんと思われる人の形が寝息に合わせて上下にゆっくり動いていた。その体は、けばだった濃紺の毛布に包まれていたが、寝返りをうったはずみで毛布が乱れ、濃紺の襞（ひだ）のあいだから、この世のものとは思えない、白くほっそりとした足先が見えた。

と同時に、廊下の大時計が、まるで私の心臓を直接叩くように、午後一時の鐘を、ぼうんとひとつ打った。

茜さんが集めてくれた資料を仕事場に持ち帰り、机の上にひとつひとつ広げていくと、あまりに多くて、自分のノートをひらく余裕がすっかりなくなってしまった。

「一週間、古書街を歩きまわった成果です」

茜さんに云わせれば、神保町には懇意にしている古本屋の店主が何人もいて、まだ店頭に出していない、とっておきの稀覯本（きこうぼん）も譲ってくれたらしい。

はたして、それはいいことなのか。

花の降る音

いや、資料は集まれば集まるほどいい。いいに決まっている。わずかな情報を鵜呑みにして知ったような顔をしたら、すぐにお里が知れる。仮に、追随を許さない一級の資料を手に入れたとしても、

「それでも、別の視点から書かれたものに目を通しておいた方がいいのです」

白井先生はそう云っていた。

けれども、このごろは少し事情が違っている。インターネットが隅々まで普及し、情報や資料が即座に集まってしまう。ひと昔前なら、一生かかっても集められなかったものが、一週間もあれば、手もとに届く。あまりに集まりすぎて、すべてを吟味する時間がない。かつては、ゆるゆると進めていた段階や過程といったものが省略され、少ない資料と格闘しては悶々(もんもん)としていた、あの推察の時間がなくなってしまった。ともすれば、結論がすぐに出る。

「まぁ、贅沢な悩みなのかもしれないけれど――」

資料に占拠された机を離れ、喫茶〈アネモネ〉で冴島君とコーヒーを飲んだ。なんだか、妙にコーヒーが苦く感じられる。自分でも、口がへの字になっているのがわかった。

「じゃあ、資料なんて読まなくていいじゃないですか」

冴島君が澄ました顔でそう云った。澄ました顔をつくっているわけではなく、もともとそうした顔であり、こちらが切羽詰まって焦っていたりすると、彼の顔が、よりいっそう飄々（ひょうひょう）として見えて、うらやましかった。彼と話していると、自分の気の迷いが馬鹿らしくなってくる。

「そんなことよりですね——」

彼は笑みさえ浮かべていた。そもそも、「〈アネモネ〉でコーヒーでも」と誘ってくれたのは彼である。

「あたらしい銀盤をつくりましたので、ぜひ聴いてください」

おもてに何も書かれていない、そっけない銀色のＣＤを鞄から取り出した。

「降ってくる音を集めてみました」

「降ってくる音？」

ついつい、鸚鵡（おうむ）返しになってしまう。

「ええ。空の方から音が降ってくるんです。実際、いろいろなものが降ってきますからね。雨はもちろんのこと、春になれば、桜の花が降ってきます。条件がよければ、曇った日なんかには、声も降ってきたり――」

彼の説明によると、晴れた日の空は静かだけれど、曇った日は、地上で行き場を失ったいくつかの声が水蒸気と混じり合って上空の雲に吸い込まれる。しっかり吸い込まれてしまえばそれまでだが、雲が低く垂れ込めているときは、雲にはね返された声が、壁に当たったボールのように地上に戻ってくるという。

*

仕事場に戻ると、すっかり陽が暮れて、部屋の中の一角がどこかぼんやりとしているように感じられた。つい、いましがたまでそこに誰かいたような、よく云えば、ぬくもりのようなもの、云いかえれば、湿り気をもった生ぬるい空気のかたまりが立っていた。

「眼鏡が曇ることってあるでしょう?」

それもまた、白井先生の言葉である。

「夏の暑い夜なんかに、冷房のきいた車からおりたとき、さっと眼鏡が白く曇ることがありますよね。あれは、おそらく自然現象なのでしょうが、そうした、急激な気温の変化にまるで関係ないところで——たとえば、ひとつの部屋から別の部屋へ入ったときに、ふと、眼鏡が曇ることがあるんです。あれはですね、吉田君——」

それまで泳がせていた視線を、私の方に向けて先生は云った。

「あれは、きっと、人の気配だと思うんです。見えなくなった人——魂だけになってしまった人と云えばいいのかな。体はとっくに希薄になって靄のようだけど、光の加減や角度によって見えるときもある。しかし、たいていは見えなくて、まぁ、見えないので、失礼ながら、その靄の中を知らず知らず通過してしまったりする。そのときにね、なにやら背筋がぞくりとなるときもあるし、もわんとした生あたたかい湿気を感じるときもあります。で、場合によっては、室温との関係で、こっちの眼鏡が曇るということが起きるのではないかと思うわけです」

その話を聞いてから、ふいに眼鏡が曇ったときなど、念のため、「すみません」と、誰へでもなく小声で詫びるようになった。見えない人を探すように、それとなく一礼もしておく。そこに恐ろしさや不気味さといったものはなく、夕方の路地裏で蚊柱に顔を突っ込んでしまったときのように、咄嗟に身をひるがえすだけである。

そんな習慣が身についてしまったのは先生のせいで、弟子というのは、学問や技術に限らず、その手の妙な作法まで、ついつい受け継いでしまう。

それが、よその部屋で起きたときはハンカチで眼鏡の曇りを拭うだけだが、自分の部屋で遭遇したときは、気を逃すべく、しばらく窓をあけはなして、あたらしい空気と入れかえる。「鬼は外」とまでは云わないまでも、心持ちは同じだ。

これは、先生からの伝授ではなく、自己流なので不粋な気がしないでもない。が、窓をあけてしまえば、部屋は外とつながり、云ってみれば、部屋が外の一部になってしまうのだから、外で起きていることは、もう自分の手に負えるものではない。そんな、あきらめに似た思いになった。

そもそも、「鬼は外、福は内」などと唱えること自体、不粋なことだと思われ、つい、部屋の中の福を守ることに気をとられて、鬼のいる外の空気の新鮮さを忘れていた。外とつながった部屋の空気はすがすがしく、その清浄さを知ったら、むしろ、鬼と睦み合う方が正しいような気がしてくる。

それで、窓をあけたままにしていた。

理由はともかく、初秋の夜の外気は、鬼がいようが何だろうが気持ちがいい。手を洗って顔を洗ってうがいをし、シャツのボタンをひとつはずして腕まくりをした。空はよく晴れていて、驚くばかりに明るい月が出ている。

窓をあけて鬼とつるんでしまえば、怖いものなど何もなかった。

ついでに、部屋のあかりも消してしまおう。

こういう夜は、一年のあいだに何度もない。暑くも寒くもなく、風もなく、月が冴え冴えとして、月あかりで新聞の文字が読める。新聞をひろげて手と足の爪を切り、夜、爪を切るのは縁起が悪いと憚りながらも、いま、自分は鬼の側の「外」にいるのだから心配無用なのだと、デタラメな云い訳を思いつく。

時間をかけて、ゆっくり爪を切り終えたら、それでひとまず、することがなくなった。

(あ、そういえば) と思い出し、冴島君に貰った銀盤を出してきて、CDプレイヤーにセットした。忘れずに、ヘッドフォンを装着する。そうしないと、肝心な音を聴き逃してしまうことは、すでに学習済みだった。

なにしろ、「空から降ってくる音を集めた」と云っていた。雨音ならともかく、雪だの花だのが降ってくる音となると、たとえ、ヘッドフォンを使ったとしても、音量を最大にしなければ聞こえないのではないか——。

（そういえば）とさらに気づいた。

前回は、銀盤の内容が記された覚え書きのようなものが付いていたが、今回はそうしたものがない。「降ってくる音」という説明が唯一の手がかりで、それが雨なのか雪なのか花なのか、それとも、雲にはね返って聞こえてくる地上の人々の声なのか、ガイドとなる解説がなかった。

とにかく、耳を澄ます。

ほどなくして耳に届いたのは、あきらかに雨の降る音だった。一体、どういう機材を使ったらこんな録音が出来るのか。窓があいていたので、雨が降っていないことは明らかだったが、雨粒がリズミカルに降るさまが、頭の中というより、眼前にくっきり浮かびあがった。

そういえば、逆の経験もある。

以前、サイレント映画を観たときに雨の降る場面があって、そのときは、脳が勝手に雨音を補っていた。

だから、視覚と聴覚がお互いを補完し合うのは、さほどめずらしいことではない。ただ、冴島君が録音した雨の音は、視覚だけではなく雨の冷たさや肌に触れるときの微妙な感覚まで呼び覚ました。直接、雨に打たれるのではなく、自分は屋根の下にいるのだけれど、目の前の庭に雨が降り、その飛沫が頬からあごの下の辺りへ向けてしきりに飛んでくる。霧のように細かい水滴で、とたんに水の匂いがたちこめて、足もとにひろげていた新聞が少しずつしっとりしてくる。そんなはずはないのに、そんな感じがしてならなかった。

あわててヘッドフォンをはずすと、音と一緒に映像も消えて、飛沫も消え失せる。試しに足もとにひろげた新聞の端を持ち上げたら、飛び散った爪がさらさらと乾いた音をたてて紙の上をころがった。

静かすぎるほどに静かで、はずしたヘッドフォンから、かすかに雨の音が漏れ聞こえている。

もういちど耳につけなおした。

すると、テレビのチャンネルが切り替わるように風景が変わり、音と一緒に雨の降る庭があらわれた。飛沫が口もとまで飛んでくる。みるみる新聞が水に染まり、さっきより雨脚が強くなっていた。反射的に顔をそむけ、幾分か上体を反らすようにして、座ったまま後ずさる。

これは何だろう。音の力なのか。冴島君の魔法なのか。何なのかわからないが、魔法や催眠術の類であるなら、私はまんまとその術中にはまってしまったようだ。なおも音を聴かずにいられない。最早、雨に濡れることも厭わなかった。

そうして、気持ちよく音がもたらす体感に身をまかせていたら、そのうち、雨が小降りになって雲が動く気配があった。カードを裏返すかの如く月の明るさが戻り、なにごともなかったかのように、新聞の文字が読めるほど空が晴れてきた。切り落とされた爪が月光を浴びて銀色に光っている。

少し風があった。それはもう、実際に風が頬に当たったのか、それとも、ヘッドフォンから響く風の音がもたらしたものなのか判断がつかない。ただ、風の音と思われたものは、より小さな音を孕んでいて、これは何の音か、と耳に意識をあつめる——。

正体を確かめるよりも早く、白にもピンクにも見える小さな花びらが、はらはらと降ってきた。

遠いところで風がざわついているような音だ。

それがつまり、花の降る音だった。

＊

「はい。ここのR階です」

そう云って、茜さんは古びたビルディングの前に立ちどまり、斜め四十五度角で、ビルの屋上を見上げて目を細めた。

さて、私はどうしてこんなところへ来ているのかと、順を追って反芻(はんすう)してみたが、起きしなにそれまで見ていた夢を思い出すときみたいに、どうもうまく順序を辿れない。

そもそもは——何だったろう。

「烏天狗の話は、また今度にしましょう」

茜さんの言葉に、「そもそも」を思い出した。

そもそも、私は茜さんがあつめてくれた烏天狗に関する資料があまりに膨大すぎて、どこから手をつけていいかわからなくなっていた。あくまで、ターゲットは烏天狗なのに、役行者や山伏に関する本が網羅され、果ては、カラスの生態を研究した本まであった。もし、烏天狗なるものを博物学的に研究して論文をしたためるのであれば、そうした資料は欠かせないかもしれない。が、私が書こうとしているのは、気楽に楽しめる物語のはずだ。

「ですよね」

いつもの〈純喫茶ララ〉で、勢い込んで茜さんに問い質した。

「それはそのとおりです。でも、何がどうつながってゆくかわからないじゃないですか」

茜さんはそう答え、「そういえばですね」とさらりと話を逸らした。

「このあいだ、わたし、白井先生のことを話しましたけど――」

「はい」と私は大きく頷いた。弟子の数が百人を超えていたのだから、あるいは驚くことではないかもしれないが、私と冴島君と茜さんが、揃って白井先生のもとでアルバイトをしたことがあるというのは、たしかに、「どうつながってゆくかわからない」ことのひとつではあった。

「いえ、そうじゃなく」と茜さんは首を振り、「そうじゃなくて、そのとき、わたしと一緒にアルバイトをした夏子(なつこ)っていう子が、このあいだひさしぶりに電話をしてきて。まぁ、ちょっと、というか、かなり変わった子なんですけど、彼女が云うには、シュレッダーを買いたいんだけど、茜のいる編集部では、どこのメーカーの、なんていう機種を使っているのか、その機種は使い勝手がいいか教えてほしいって」

「――それで？」

私はあからさまに不審げな声をあげた。何の話なのかさっぱり理解できなかったからである。

「ええ、わたしもそう訊きました。それで？　って。そうしたら彼女、じつは、すぐにでも抹消したい手紙が千通ほどあって、二度と読めなくなるまで、細かくちぎって捨ててしまいたいって」

「もしかして、その手紙というのは――」

「恋文なの？　って訊いたら、まぁ、そんなようなものらしくて。とにかく、その手紙も、その手紙を送ってくれた人のこともすっかり忘れたいから、最高に性能がよくて、確実に粉々にしてくれるシュレッダーがほしいって」

「ふうん」とそう答えるしかない。どうにも釈然としなかった。まさか、千通の手紙をこの世から消したいと願っている女性が、意外にも烏天狗と親密なつながりを持っているのだろうか。

「いまから彼女のところへ行く約束なので、一緒に来ていただけませんか」

そう云ったときには、もう茜さんは立ち上がっていた。

「来ていただけますか」というより、「来ていただきます」と云っているかのようで、もっとも、彼女のこうした強引さは、いまに始まったことではない。

「行きましょう」と私を誘導し、こちらとしては、何が起きているのかわからないまま茜さんについて行ったが、タクシーに乗せられて都心を横断し、なじみのない界隈でおりると、せまい路地へと案内された。どのくらい歩いたか、茜さんは、突然、古びたビルの前で足をとめ、カツンとひとつヒールをアスファルトに打ちつけて、「ここのR階です」と視線を上に向けた。

「屋上に？」

「事務所があるんです、彼女の」

それが最初の驚きだった。そのビルは築五十年は下らないであろう老体をさらしていて、どう見ても住居用ではなく、おもに飲食店が軒を並べる、いわゆる雑居ビルのようだった。ただし、色とりどりのバーやスナックの看板は、ことごとく埃をかぶり、営業しているのは、ほんのわずかと容易に見当がついた。

「ええ。あとはもぬけの殻です」

茜さんは、そうした事情にも通じているようだった。

「じきに、彼女も出ていくでしょう」

「その――彼女の事務所というのは？」

「代書屋なんです」

いまどき、代書屋を？

それがふたつ目の驚きで、訳がわからないなりに話をまとめてみると、代書屋である彼女のもとに千通にのぼる恋文が保管されていて、秘密を守るためなのか、事務所をたたむ前に抹消する必要がある――。

「まぁ、そんなところです」

茜さんは、どこか投げやりな口調になっていた。

「じつは、わたし、手紙を処分するのに反対していて」

「そうなんですか」

「はい。たぶん吉田さんも、その手紙をご覧になったら、反対されるんじゃないかと思います。それで、わざわざお連れしたんです」

もうひとつ、事態をつかめないまま屋上を見上げていると、ふわっと何やら白いかたまりが屋上から投げ出され、かたまりはすぐにほどけて宙で散り散りになった。白い小さな花びらのように、はらはらとこちらへ舞い降りてくる。

差し出した掌(てのひら)へひとひら落ちてきて、指先につまんで確かめると、それは便箋をちぎったものに違いなかった。

細かくちぎられた文字——萬年筆の青インクがにじんだ文字の断片に、忘れるはずのない確かな覚えがあった。

「やってるな、また」

背後からそんな声がして、反射的に振り向くと、そのしわがれた声に見合った初老の男が、くたびれた手ぬぐいをぶらさげて屋上を見上げていた。

茜さんと二人、R階にあるという夏子さんの事務所の話をしながら見上げていたのだが、そこへ、その見ず知らずの三人目が加わって、三人とも同じ角度で反り返っていた。

先生の恋文

状況から判断して、「やってるな」と男が口走ったのは、屋上から花びらのように落ちてくる白い紙屑を指してのことに違いなく、「また」と云うからには、すでに二度三度と落ちてきたのだろう。

男は、どうやら雑居ビルの向かいに住んでいるようで、濃紺のセーターを着ているせいか、その対比で銀色の短い頭髪が妙に輝いて見えた。

「あの調子で、おとついから、何だろう。手紙だろ、やっぱりこれ」

男の喋り方は、いちいち順番が前後していて、ところどころ何を云っているのかわからない。

「こっちなんだから、掃除をしてんのはさ。気楽なもんだよね。まぁ、あるんだろうけどね、いろいろと、あの女もさ」

「あの」と茜さんが、たまりかねたように男に訊いた。「あの女というのは、夏子のことでしょうか」

「ああ、おれたちはね——夏子っていうのか、あの女。代書屋の姉さんって呼んでるよ。ここいらのみんなはね、誰でもさ」

男は道端に停めてある白い車を、右手にぶらさげた手ぬぐいで拭き始めた。

「確かなのかい、気は、あの夏子さん」

大きく首を振って車を拭いていた。それで、最初は「掃除」というのが洗車を意味しているのかと思ったのだが、車に箒と塵取りが立てかけてあり、「夏子さんは、仕方ねぇなぁ」とぼやくと、男は屋上から舞いおりてきた白い破片を手慣れた様子で掃きあつめた。

「もし、お仲間ならね、あんたたちがさ、云ってやった方がいいよ。こういうことは評判をさげるからさ。いくら、じきに出ていくからって、駄目だってことをね、こういうのはさ、本人にね、夏子さんにさ」

「ああ」

茜さんは男への相槌なのか、それとも、友人としての嘆きなのか、「ああ」と声をもらして、いまいちど屋上を見上げた。

「取り壊されるんですか、じきにこのビル」

茜さんまで男の喋り方が伝染したのか、物云いがぎこちない。

「一カ月かな。のこり」

男は箒を手にしたまま、自分自身に確かめるようにつぶやいた。

「出て行くよ、みんな。そろそろね。楽しかったとき、繁盛してたとき、なくなるね。みんな消えてなくなる」

少しずつ話が見えてきた。

ビルは一カ月後に解体される予定で、当然、夏子さんもそれまでに屋上の事務所を引き払う必要がある。事情はわからないが、この機に抹消したい手紙が千通ほどあり、ついては、性能のいいシュレッダーを探しているのだけれど、その到着を待つ間も惜しいのか、どうやら、千通の手紙を自らの手でちぎり始めた。

二、三日前より屋上から巷へ向けて投棄している。それを、ビルの向かいに住む銀髪の男が、ぼやきながら片付けているところへわれわれがやってきた。

「そして、いま、そのビルの階段をのぼっているところです」

「はい」と茜さんが息を乱しながら答えた。「たぶん、そういうことじゃないでしょうか。わたしにも詳細はわかりませんが、わからないので、とりあえず様子を見にきたんです」

カツンカツンと、古ビルの階段に茜さんのヒールの音が響いた。

「だけど、エレベーターが故障とは知りませんでした。ビルが六階建てというのも、こうして自分の足でのぼらないと記憶にのこらないですね。まだ三階ですか。あと半分です」

「いや、正確に云うと、屋上は七階と同じだから、あと四階です」

「じゃあ、ここいらで一服しましょう」

茜さんは鞄をごそごそとやり、「薄荷(はっか)の飴です」とミントグリーンのセロハンにくるまれたひと粒をこちらへ差し出した。

「わたし、急な運動をすると目がまわっちゃうんです。そういうときは、必ずこの飴を舐めるようにしているんですが」

包みを解いて半透明の飴を子供のように口へ放り込んだ。私も子供のようにそれに倣う。ほの暗い階段の踊り場に小窓から外光が射し、一瞬、ふた粒の飴がきらりと青白く閃(ひらめ)いた。

*

(三階から四階へ。薄荷の飴を舐めながら――)

「それにしても、代書屋とはまた、いまどきユニークですね」

「なんか、なりゆきでそういうことになっちゃったみたいなんです」

「なりゆきでなるもんですか、代書屋って」

「このビルの三階に、〈サラマンダー〉というバーがあって、いまはもうないんですけど、夏子のお兄さんが、その店でバーテンダーをやっていたんです。それで、夏子もここへよく通っていて、わたしもときどき誘われて――ちょっといい男なんですよ、夏子のお兄さん。浩二さんっていうんですけど、きりっと冷たくて、おいしいお酒をつくってくれて、ファンが多かったんです。この町内には、いろんな国から流れ着いた人たちがいて」

「ああ、この辺りは多国籍なんですね」

「もしかしたら、法に触れるような人も中にはいて、でも、ここいらの酒場は、どこも、そういう人たちに優しいから」

「ああ、代書屋っていうのは、その――」

「ええ、日本語が不自由な彼らの代わりに、最初は浩二さんが手紙を書いてあげたり、履歴書を書いてあげたり」

（四階から五階へ。薄荷の飴を口の中で転がしながら――）

「そのうち、噂を聞きつけた人が方々からやってきて、浩二さんの手に余るようになっちゃったんです。それで、夏子がそっくり引き継いだんですが、彼女、もともと、この近くの弁当屋で働いていて、そっちを辞めて、大谷さんが使っていた屋上の部屋に住むようになったんです」

「大谷さん?」

「大谷さんは、このビルのオーナーで、すごく美人の奥さんがいて、その奥さんに白井先生がひとめぼれしちゃったんです。その話、知ってました?」

「え?」

思わず階段の途中で立ちどまった。

つい、銀髪の男の言動に気をとられて目にしたものを忘れつつあったが——あるいは、なんとなく見て見ぬふりをしていたのだが——唐突に、「先生」があらわれて、屋上から落ちてきた紙片に滲んだインクの色が甦った。あの色あいと文字の細さと独特のうねり具合。どこをとっても、先生の字によく似ていた。

もしかして、と妄想が膨れ上がる。

もし、屋上から舞い降りてきた紙片が、本当に——まさかとは思うが——先生の手紙のかけらなのだとしたら、先生はもしかして、その大谷夫人に道ならぬ恋心を抱きつづけていたのだろうか。何年にもわたって想いつづけ、毎日のように書きつづった恋文が千通にものぼったということなのか――いや、まさか。

（五階から六階へ。小さくなってきた薄荷の飴を噛み砕き――）

「このビルに来たことがあるんですか、先生」

「どうも、そうみたいですね」

そうか、と思う。もしかして、エレベーターが嫌いだった先生は、この階段をこうしてのぼったかもしれない。

なんだか、おかしなことになってきた。

先生のことは、しばらく忘れていようと思ったのに、どうしてか、またこうして自分は先生の足跡をなぞっている。

「ということは」と私は頭の中を整理した。「つまり、茜さんと夏子さんは先生のもとでアルバイトをしたことがあって、それで先生は、夏子さんを訪ねてこのビルへやってきた。そして、大谷夫人に出会ってひとめぼれをして――」

「いいえ」と茜さんはすぐに首を横に振った。「そうじゃなく、さっきの銀髪のおじさんじゃないですけど、話の順番が逆なんです。大谷さんは、もともと先生の最初期の弟子で、ずっと昔から先生と知り合いだったんです。で、私たちが先生のところでアルバイトをしたのは、つまり、大谷さんの紹介だったんです」

なるほど、そういうことだったのか。

先生が、わざわざ訪ねてくるくらい夏子さんと親密になったのは、どうしてなのかと一瞬いぶかしんだが、順番を逆にしたら、何ら不思議なことはない。ただ、自分がこうして先生がのぼったかもしれない階段を踏みしめているのは、やはりひとつの偶然だろう。それとも、不思議でもなんでもないのか。

わからなくなってきた。

（六階から屋上へ）

「となると、先生がその大谷夫人にひとめぼれをしたというのは――」

「大昔の話です。話の流れで、大谷さんの奥さんって云っちゃいましたけど、先生が見初めたのは、奥さんが大谷さんと一緒になる前でした。もっと云うと、奥さんの方が、先に先生の弟子だったそうです。すみません、わたしの話し方が雑で、また順番が逆になっちゃいました」

「じゃあ、つまり、なんというか――普通に男と女として出会ったわけですね」

「そうなんです。先生はアルバイトの学生としてあらわれた彼女と顔を合わせた途端、恋に落ちたそうです。ところが、そこへ折悪しく大谷さんがあらわれて、先生は――まぁ、ふられてしまったわけです」

なるほど、そういうことか。

いくらなんでも、先生が自分の弟子の奥さんに横恋慕するとは考えられない。そうかそうか、と納得しかかったのだが、さて、しかしそうなると、先生の手紙が空から降ってきたのはどうしてなんだろう。

もちろん、便箋に萬年筆の青インクが滲んでいるのは、さしてめずらしいことではない。だから、あの紙片ひとつで、おかしな妄想を働かせるのは、先生の名誉のためにも、よしておいた方がいい。ただ、思わず、そんな物語を勝手につくりあげてしまったのは、そうした物証的な符合だけではなく、弟子の勘として、(あ、これはもしかして)とよぎるものがあったからだ。

とはいえ、それは話の順序を取り違えたゆえの、いわば、ニセの直感でしかない。

いや、しかし、待てよ――と考えが行ったり来たりしたところで、ようやく屋上に到着した。一気に視界がひらける。暗い階段から屋上へ出ると陽の光が地上よりずっと近く感じられ、（しかし、待てよ）と思いなおした推理も弾んで、確信に近い結論に導かれた。

つまり、先生が恋に落ちたとき、大谷夫人はまだ未婚だった。だから、その恋は「道ならぬ」ものではない。なにごとも言葉を重視していた先生は、「道ならぬ」が生む罪悪感を、そうした理屈で追い払い、それこそ「順番は逆なのだ」と自分に云い聞かせて、ひそかな思いを手紙につづったのではないか――。

*

夏子さんは、私の推理をしばらく黙って聞いていたが、怒るわけでもなく、一笑に付すわけでもなく、きわめて冷静な様子で、

「興味深い推理ですね」

そう云って、ほんの少しだけ、さざなみのような笑みを口の端に浮かべていた。

階段をのぼってくるあいだ、屋上にいる夏子さんに一段一段近づくにつれて、次

第にその姿が目に浮かぶようだったが、いざ目の当たりにすると、実際の彼女は、ハイヒールを履いた茜さんよりずっと背が高く、目鼻立ちもはっきりとして、声色もじつに明瞭だった。臆したところが一切ない。

ついでに云うと、さぞや引っ越しの準備やら何やらで部屋の中が荒れているのではないかと想像していたが、拍子抜けするほど部屋の中はきちんと整えられ、千通の恋文をちぎって粉々にしている様子は、どこにも見られなかった。

ということは、空から降ってきた手紙のかけらは、こちらの思い込みで、たまたま、風に舞い上げられた紙屑が落ちてきただけかもしれない。

茜さんも同じことを考えていたらしい。

「ビルの向かいの銀髪のおじさんが、代書屋の姉さんが手紙を破って空からばらまいてるって——それ、本当?」

ストレートにぶつけたら、

「うん。試しにそんなこともやってみたんだけど」

夏子さんは平然とそう答えたが、

「手紙を破り捨てるって気持ちいいことじゃないし」

顔をしかめて、首を横に振った。

「と云っても、代書屋って、けっこう気持ちよくないことを引き受けることがあって、抗議の手紙とか、クレームとか――大きな声では云えないけれど、いわゆる怪文書なんかを、誰が書いたのか足がつかないように代書したり」

「そうなんだ」と茜さんもそこまでは知らなかったようで、「そういうのって、どんなふうに依頼があるの？　怪文書をお願いしたいんですけど、とか？」

冗談めかして、そう訊くと、

「いくつか隠語みたいなのがあるの」と夏子さんは声をひそめた。「天狗(てんぐ)の投(な)げ文(ぶみ)っていうんだけど」

「天狗？」と茜さんは逆に声が大きくなった。

「そう。どこから送られてきたのかわからない手紙のことを、昔の人はそう云ったみたい」

夏子さんはそう云いながら、部屋の隅に積まれた段ボール箱を物憂げに指差した。

「そこにあるのが、電話で話したやつなんだけど」

「本当に千通あるの?」

「数えたわけじゃないけれど、もっとあるかもしれない。宛名は全部、美知子さんで——」

そこで茜さんの注釈がはいり、「美知子さんというのは大谷夫人の名前です」と私に耳打ちをした。そこへ重ねて、「吉田さんは白井先生のお弟子さんだったんですよね」と夏子さんが訊いてくる。

「ええ、昔の話ですが」と答えると、

「わたしもです。わたしはずっと、いまでも、先生の弟子だって自分では思っているんです」

夏子さんは、物憂げな様子が晴れたように声が明るくなった。

「代書屋をつづけていたら、ふと、そう思ったんです。この仕事って、人の心の中にある思いを、ちょっとした言葉から汲み取る仕事ですから。打ち合わせをするんですよ、依頼人と。彼らは、たいていうまく話せません。字も駄目です。だけど、思いは胸の中にあって、隠されているけれど、そこにあるんです。それを、ほんの少しの言葉から読み取っていくんですが、あなたが相手に伝えたいのはこういうこと？　って、いちいち確かめて、そういう作業を延々とつづけてゆくんです。根気づよく。最初は、単に彼らの言葉をわたしが代わりに書くだけと思っていたんですけど、そうじゃないなって。その人の内にある声を取り出すのが自分の仕事じゃないかって」

ほとんど同じことを先生が云っていた。

「言葉の内側にあるものを正確に取り出してみせるのがぼくの仕事です」

先生の云う「言葉の内側」とは、その言葉が辿ってきた道をさかのぼることであり、その言葉が失われることなく勝ちのこった言葉であるとしたら、「負けて忘れられた言葉」はどんなものであったかを、その内側に、「必ず読み取らなくては」と常々云っていた。

「言葉というのは、皮膚に刻まれた目印のようなものに過ぎなくて、そこへナイフをあてれば、ざっくり切れて血がしたたります。ところで、血はどうして赤いと思いますか。あれはですね、これこそ本当のことだと云っているんです。血というのはね、そういうことなんです」

先生ではなく、夏子さんがそう云った。

まるで、先生の魂が夏子さんの中に入り込んで、ちょっとしたいたずらを仕掛けるように言葉を発したかのようだった。

「ねぇ」

茜さんがその場の空気を指揮するように云った。

「その千通の手紙——美知子さんにあてた手紙を書いたのが白井先生だったっていうのは本当なの？」

「本当よ」

夏子さんは、夏子さんに戻って、あっさりとそう答えた。

「そうでしたか、そんなことがありましたか」

茜さんに連れられて代書屋の夏子さんに会った話をすると、冴島君は、「そうですか」ともう一度云って、〈アネモネ〉の店内の壁をじっと見ていた。あたかもそこに一枚の絵が飾られていて、絵の細部に見入るというより、絵の奥の背景や、絵に描かれていない、さらに奥の奥を遠い目で見ている感じだった。

でも、そこには絵などない。あるのは壁だけだった。

遠吠え

壁の反対側には窓があり、こういう場合——つまり、遠い目の視線が向かうのは窓の方がふさわしいように思われる。

どうしてか、人は、ふと何かを思い出したり、あるいは時間的、空間的に遠いところを想うとき、ほとんど、無意識に窓の外を見る。おそらく、窓の外には「遠く」があり、不意に芽生えた想いの行き先として、なるべく遠いところを選んでいるのだろう。

が、冴島君は窓の外を眺めるのではなく、無味乾燥な壁の一点をひたすら見ていた。人はそんなふうにあきらかに目の焦点が合っていない状態で、ぼんやりするときがある。

他人事ではなかった。自分もよくぼんやりする。そうして自分のぼんやりに気づいて、あれ、どうしたんだっけ、いま何を考えていたんだっけ、と急いで姿勢を正したりする。が、そのぼんやりしていた時間がどれくらいであったかわからないし、ひどいときは、ぼんやりの前に考えていたことまで思い出せなくなる。なんとなく釈然としないままで、自分は、「何ものか」に乗っ取られていたのではないかとすら思う。

問題は、その「何ものか」の正体だった。なにしろ、「何ものか」によって魂を抜かれてしまったようになっているので、あれ？　と我に返っても、しばらく頭がまわらない。

こういうときだ。こういうとき、無性に先生に会いたくなる。

「教えてください。あの、ぼんやりとした時間をあらわす言葉はあるのでしょうか――」

「ふうむ」と先生はそこで大きく息をつく。それから、「君はあると思いますか」と、おもむろに訊き返してくる。

「あるような気がしますが」

「どうして、そう思うんだろう」

「そうですね――どうしてなんでしょう」

「いや、そこが重要なんですよ、吉田君」

いつのまにか、そうして先生の真似をしていた。真似をするしかない。先生はもういないのだから。それこそ、先生ならきっとこう云う。

「この世にいない人への一番の供養は、その人の言葉や身ぶりを真似することです」

いいですか、吉田君。本に書かれてあることがすべてじゃないんです。本の中から学べることは多々ありますが、普通に人が人として生きてゆく中に、ぼくたちの知りたいことはほとんど全部あります。ただし、それは漫然と日々を過ごしていたら気がつきません。

となると、われわれはどれだけそれに気づくことが出来るか——これが重要になってきます。

日々の生活の中で、「あ」となったり、「ああ」となったりすることがいくつもあるはずです。ぼくはそうです。毎日あります。

たとえば、ぼんやりとしていた自分に「あ」と気づいたとき、これは自分だけが患っている病気なんだろうか、とまずは考えます。

でも、まわりの人たちの様子を見ていると、ああ、これは自分だけじゃない、皆そうなんだなとそのうち学習します。誰でもぼんやりするときがあるのだと。

そうなってくると、これはおそらく人間という動物が長いあいだ繰り返してきたことで、たとえば、古代においても、平安の世においても、いまと変わらず、人はぼんやりとして、君の云う「何ものか」に時間を奪われることがあったんじゃないでしょうか。

であるなら、そのときの心のあり方や、自分の置かれた状況を、ひとつの言葉に託したいと思う人がいたとしても不思議ではありません。

これは答えというわけではありませんが、いま、ひとつ思いつくのは、「魔が差す」という言葉です。

字面を見ていると、なにやら恐ろしい感じがしますし、実際、「つい、魔が差して」という言葉が云い訳の中に紛れ込むときは、およそ、恐ろしいことかロクでもないことが起きています。

ぼんやりすることの正体は、医学的に云うと、血のめぐりに関わることかもしれません。ぼくのように酒に弱い者が無理して酒を口にすると、ほんのひと舐めしただけなのに、自分のまわりに得体の知れないものが、ざわざわと立ちあらわれます。あの「ざわざわ」と「ぼんやり」は、どこか底の方でつながっているに違いなく、ようするに、「正体をなくす」感じです。

となると、酒も飲んでいないのに、ぼんやりと正体をなくしてしまうのは、いつもと違う自分がそこに介在しているからではないでしょうか。

そして、その自分ならざるもの——自分の力ではコントロールできないものを、いにしえの誰かが「魔」の一字に集約したのでしょう。しかも、そうした「魔」が、ほんのちょっとした隙間から自分の領域に入り込んでくる。それは、一瞬の隙をついて、時間で云えば、一秒にも充たないほんの一瞬をついて、さっと入り込んできます。

それは吉田君、注射をされるようなものです——。

「何ものか」の細い針の先が、すっと刺し込まれる。

「さす」という言葉には、いくつかの漢字があてはまりますが、結局、どれも同じことを云っているような気がします。

ただ、その中でひとつ気になる「さす」があって、たとえば、注射針を刺したところに、ほんのりと赤みがさしてくる。このときの、兆(きざ)してくるような、充ちてくるような「さす」は、少しばかり恐い感じがします。

思うに、「魔が差す」という表現は、いま云ったように、一瞬の出来事である場合と、そのあと、じわじわと水嵩(みずかさ)が増してくるような場合があって、じつは、そうした多重的な幅をもった言葉ではないかと考えています——。

「あれ、どうしたんです」

いきなりそこへ冴島君の声がして、「あ」と私は声をあげてから、「ああ」と苦笑まじりに息をついた。頭の中で先生の真似をしていたら、つい、ぼんやりとしてしまったらしい。

「なにを、ぼんやりしているんですか」

「いや、そもそも、ぼんやりしていたのは冴島君の方でしょう」

「え？　そうでしたっけ」

「壁の一点を、じっと見つめて——」

「ああ、すみません。それは、ぼくの癖なんです」

「というか、冴島君はぼんやりしているというより、どこか遠くを見ているようだったけど」

「ええ、おっしゃるとおり、遠くを見ていたんです」

私はあらためて彼の水色の瞳をそれとなく見た。こうした話の流れで、彼が「見ていた」と云うからには、おそらく、その水色の左目が見ていたのだろう。

「いえ、そうではなく」

彼はまるで私の胸の内を読み取ったかのように首を振った。

「この左目が見ているんじゃなく、どちらかと云うと、耳が見ているんです」

「それはつまり、聴いているということ？」

「いえ、そうでもないんです。うまく云えないんですが、ぼくには、もうひとつずつ——つまり第三の眼と耳があって、そのふたつが、同時に何かをとらえているんじゃないかと——」

そういえば、彼は路地裏の片隅に佇み、あらぬ方を見据えながらも、確信を得たように集音マイクを向けていた。私のように第三の眼や耳を持たぬ者には、「あらぬ方」でしかないが、彼には、正しいポイントが見えたり聞こえたりしているのだろう。

「その壁の向こうに何が見えるのかな」

「遠吠えです」と冴島君は即答した。

「それは——犬の？」

「いえ、かならずしも犬ではないみたいです」

「それって、いまも聞こえていたりする?」

「ええ。お話しされている途中で、失礼かな、とは思ったんですが、なんというか、非常に切実な遠吠えだったので、つい聞き惚れてしまって」

「犬じゃないとすると、何が吠えているんだろう」

「それは、ぼくにもわかりません。ただ、方角はこちらで間違いないと思います」

そう云って、冴島君は窓ではなく壁の方を指差した。

*

夏子さんに会った帰り道のことだった。

茜さんが、「もう少し、お時間いいですか」とこちらの顔色をうかがうようにそう云ったのだ。「いいですか」と訊いておきながら、返事も待たずに茜さんは足早になり、そうなると、こちらはもう黙ってついて行くしかない。

ついて行った先は駅前の異様に混雑したコーヒー・ショップで、普段の茜さんなら、もう少し店の選択にこだわりを見せるはずなのに、勢いよく店内に突進すると、いつもは頼まないアイス・コーヒーを注文して、「すみません」と息をついた。

「わたし、犯罪者の心理が少しだけわかりました。どうも、冷静さを失うだけではなく、なんだかいつもと違うことをしてしまうみたいで」

どうやら、自覚はあるようだった。

「犯罪者？」と私は物騒な言葉に声をひそめたが、茜さんは、「ちょっと、魔が差しまして」などと舌を出している。

「何をしたんです？」

「というか、吉田さんも共犯者ですからね」と彼女は自分の鞄の中を探り、これまでの経験からすると、こういうときは鞄からとんでもないものがあらわれる。

「これなんですけど」

案の定、「まさか」と絶句してしまうようなものが取り出された。ストローの袋やガムシロップの空容器が散乱したテーブルの上に音もなく置かれたのだが、それは、ほんの数十分前に、「これが問題の」と夏子さんに見せてもらった手紙だった。「こんなに沢山あって」と、次々あらわれた手紙の束から、夏子さんが目をはなしている隙をついて、こっそり一通、抜き取ってきたものらしい。

「いつのまに――」

「驚くことはありません。夏子はきっと、わたしに持って行けって暗に示していたんです」

　さて、そうだったろうか。

「だって、わたしたちに手紙の束を見せて、触ってもいいけど中を見ちゃ駄目って云いながら、二度も席をはずしたでしょう。夏子の考えていることは大体わかります。そもそも、シュレッダーがどうのこうのと云ってましたが、そんなことは二の次なんです。要は、わたしたちに見せたかったんですよ、この手紙を」

　そう――なのかもしれない。次第にそう思えてきた。茜さんにまくしたてられると、本当はまったく見当違いなのに、「そうかもしれない」と、じわじわ丸め込まれてしまう。

「わたしが、あいだに入って」と夏子さんは云っていた。

「そうするしかないものね」と茜さんも最初は素直に頷(うなず)いていた。「いくら、先生の方が知り合うのが早かったと云っても、結局、大谷さんに追い抜かれて、美知子さんは人妻になってしまったわけだから。そこはやっぱり――」

「でも、そんなふうに先生をたしなめたら、ものすごくがっかりしそうで、それで云えなくなっちゃったの」

「云えなくなった？」

「そう。美知子さんが先生の手紙を読んでいないってこと――」

「え、そうなの？」

そこまで聞いて、ようやく話が見えてきた。

つまり、先生は美知子さんに直接、手紙を送付するのではなく、代書屋である夏子さんを介して送りつづけていた。先生は美知子さんへの封書を夏子さん宛のひとまわり大きい封筒に入れて送ってきたのだが、住所と宛名をしたためた萬年筆の筆跡が、夏子さんにはことさら麗しく感じられ、自分宛の表書きですらそうだったのだから、中から出てきた美知子さんの宛名は、かすかに震えるような、書いている先生の息づかいまで伝わってくるような、どこか艶っぽい文字に映った。

その、なまめかしい先生の手紙を夏子さんは美知子さんに渡さなかった。

いや、正確に云うと、最初の一通だけは渡したのだが、そのあとはすべて渡していない。

夏子さんは、美知子さんになりかわって手紙を読み、なりかわったまま返事を書きつづけた。何年も何年も。手紙を貰っては返事を書き、そんなことが起きていたのを美知子さんはまるで知らなかったし、先生にしても、返事は美知子さんが書いたものと信じていた。

実際は、すべて夏子さんが勝手に代書していたのだが。

「先生を騙していたってこと?」

茜さんは、これまで見たことのないような苦々しげな顔になった。

電話で聞いていた話を勘違いしていたらしい。あくまで、手紙は美知子さんに届けられたもので、美知子さんが読んだ上で夏子さんに預けていたのだと思っていた。まさか、開封から返信までをすべて夏子さんが担っていたとは知らず、それで、つい、「騙す」という強い言葉になってしまったようだ。

「だって、騙すしかないじゃない」

夏子さんは毅然としてそう応えた。

「美知子さんは、先生の思いを噂で知っていたみたいで、先生の手紙を渡すと、あきらかに困惑してたの。わたし、なんだか、先生が可哀想になっちゃって。それなら、わたしが返事を書いてもいいのかなって。なにしろ、わたしは代書屋なんだし」

「美知子さんが、そうしようって云ったの？」

「違う違う。美知子さんは何も知らないの。こんなに沢山のラブレターを先生が送ってきたってことは、わたししか知らない」

「ねぇ、それってどうなのよ、夏子」

「うん、わたしもあんまりいい気分じゃないけど――だから早いところ処分したくて」

「それで、シュレッダーを？　まるで証拠隠滅じゃない」

「あのね、茜。代書屋は、こういうことも仕事のひとつなの。今回は、わたしの勝手な判断だったけど、同様の依頼をしてくる人は何人もいるんだから」

そんなやりとりが茜さんの気持ちを昂らせたのだろう。「それってどうなのよ」と、そのときは糾弾するような口ぶりだったが、驚いたことに、その直後に、茜さんはあの手紙の束から——言葉は悪いけれど——無断で一通、くすねてきたわけである。

それってどうなのよ、と今度は私が茜さんに云うべきかもしれなかった。

「でも、読んでみたいと思いません？」

茜さんはすでに、私を「共犯者」などと呼んでいるのだから、ここでもし、「読んでみたいです」と答えようものなら、格段に罪が重くなる。

「だって、いけないことをしたのは、夏子の方なんですから」

茜さんが手にした封書には、夏子さんの話を証明するように切手も消印もなく、それが、ひとまわり大きな封筒に入れられていたことを物語っていた。宛名にこめられた思いは、たしかに文字の震えとなってあらわれていて、見てはいけないものを見てしまった罪悪感が、背中の方から重たくのしかかってきた。

＊

「それで？　それで、どうしたんです？　読んだんですか、その先生のラブレターを」

いつも冷静な冴島君が、めずらしく取り乱していた。

「もしかして、読まなかったんですか」

「いや」と私は口ごもりながらありのままを答えた。「読んだ、というか、茜さんが読み上げたのを聞かされたんだけど」

そこまで話したとき、不意に冴島君が何かに取り憑かれたかのように、視線を壁の方に向けて、「きました」と低く声を落とした。

「きました？」

「遠吠えです」

もちろん、私には何も聞こえなかった。

「それは、どんな――」

と私が訊くよりも早く、

「うううううううう」

喉の奥から絞り出すような声をあげ、もしかして犬を真似ているのだろうか、冴島君は、かすかに顎（あご）を上げたまま、切なげに叫びながら目を閉じた。

大谷美知子様

前略、過日は何よりのものを頂戴してしまい、大変恐縮しております。

ぼくは煎餅(せんべい)さえ食べていれば機嫌がいいのです。美知子さんは、ぼくの嗜好(しこう)をご存じだったのでしょうか。ぼくは、じつのところ、甘いものは苦手なのです。唯一、羊羹(ようかん)だけは好物で、鈍くなった頭の回転を正すときに、ひと切れかふた切れだけいただきます。こんなことを書くと、まるで羊羹をねだっているみたいですが、決してそうではありません。ぼくは、ただ羊羹という菓子の見てくれが好ましく、まるで夜を固めてつくったような、あの黒いようで、透明なような、澄んでいるようで何ひとつ見えないような、闇の深さに感じ入るのです。

冒険

「それだけですか」と私が茜さんの手もとを確認すると、

「これだけです」と茜さんは短い文章がしたためられた一枚の便箋をこちらに見せた。手品師が、「種も仕掛けもございません」と手もとをひろげる要領だ。

「短い手紙ですね」

「たまたま、短い手紙を選んでしまったのかな」

茜さんは、自分の冒険的ふるまいが大した成果をあげていないことに、いかにも不服そうだった。他人の手紙を勝手に盗み読みしておいて、こんなことを云うのはどうかと思うが、どうせなら、もっと恋文らしい艶っぽい内容がよかったと私も率直に思った。まさか、煎餅だの羊羹だのといった、色気より食い気の報告とは思いもよらない。

「でも」と茜さんは気をとりなおしたように背筋を伸ばした。「先生がひとりの女性に手紙を書きつづけていたのは本当だったんですね」

「しかも、あんなに沢山の手紙を」

あの白井先生が書いていたなんて。でも、それは事実だった。いや、驚く方が間違っている。大体、自分は先生の何を知っているのか。

「よし」と茜さんが低い声を出した。彼女が低い声を出すときは、およそ、あぶなっかしいことや無茶なことが考案されたときだ。

「次は、もっといい手紙を引いてきましょう」

「え？　次？」

「もちろんです。こうなったらもう――」

「何が、こうなったらなんですか。それに、引いてくる、なんておみくじみたいに云いますけど、正しくは、盗んでくる、じゃないですか」

「そんなことは、どっちでもいいんです。それに、引いてきた手紙が当たりかハズレかってことですから、ほとんど、おみくじみたいなもんでしょう」

「いや、それはどうだろう」

そもそも、おみくじは当たりハズレを占うものではない。しかし、茜さんはすぐにでも「次」を実行するかのように、「では」と立ち上がり、

「二、三日したら、報告しますから」

風を切るように颯爽と立ち去ってしまった。

そして、予告どおり三日後に「次」がやってきた。

＊

大谷美知子様

前略、先だって小さな旅行を思い立ち、伊豆の伊東まで行ってきたのですが、ちょいと面白い菓子を見つけました。「天狗詫状」といいまして、そんな伝説が伊東の佛現寺という寺にのこされているのです。

読んで字のごとく、天狗がお詫びの手紙を書いてきたもので、この天狗、その驚くばかりに長い鼻を誇って、峠を越える旅人たちを脅かしていたのです。その狼藉を戒めるべく、腕の立つ寺の住職が、その巨大な鼻をひねりあげ、たまりかねた天狗が逃げしなに一巻の巻物を落としていったと云われています。それがつまり「詫び状」で、なんと、いまでも現物が寺に保管されているようです。

ただし、この巻物に書かれた文字は、この世のどこにも存在しない謎の文字で、それが全長三メートルもある巻紙にしたためられているのです。

この世に存在しない文字ですから、誰も読むことが出来ず、さて、どんなものかと興味をもって寺へ立ち寄ったところ、あいにく、非公開とのこと。残念に思っていたら、詫び状を模した菓子がお土産用につくられていると知りました。さっそく買ってみると、なるほど、巻物に似せた細長いリレーのバトンのようなもので、封を切って包みをほどくと、その包装紙に、いま書いた伝説の由来と巻物の一部が写真で紹介されていました。たしかに見たことのない文字で、これは、ぼくの研究にも大いに関係するものです。

ひとしきり感心して、包装紙の中からあらわれた銀紙をひらいてみると、そこに包まれていたのは、謎めいた伝説にふさわしい、闇の煮こごりのような円柱状の羊羹でした。黒いようで透明なところもあり、澄んでいるようで何ひとつ見えない闇でもあり。思いがけないところで好物と遭遇し、いい旅の思い出となりました。

「え、ちょっと待ってください」

私は手紙を読み終えた茜さんの顔を半信半疑で眺めた。

「また羊羹の話なんですか」

「信じられないですよね。おみくじで云ったら、大凶が二度つづいたってことですよ」

〈純喫茶ララ〉の西陽のあたる席で、茜さんは口を結んで憮然としていた。

「それ、本当に本当なんですか」

「残念ながら、そのようです」

「だって、あれだけ沢山の手紙があったのに」

「天神様の云うとおり、って唱えながら、でたらめに引いてきたんです」

「段ボール箱は？」

「このあいだの段ボール箱はかなり小ぶりで、今回はそれより、ふたまわりくらい大きな箱から引いてきました。わたしだって、なるべく、このあいだの手紙とかぶらないよう、それなりに配慮したんです」

「まさか、あれだけの手紙があって、羊羹の話ばかり書いているってことはないですよね」

「さぁ、それはわからないです。ただですね――」

そう云って、茜さんは自分の鞄の口をひらくと、思わせぶりに中を覗き込んで、

「もうひとつお土産があるんです」と、ほんのわずかながら小鼻をひくひくと動

かした。何かちょっとした手柄を披露するとき、茜さんは、どうにも隠し切れずに、この癖が出る。

「え、まさか」と私は「まさか」の大安売りになってきた。

「その、まさかです。わたし、どうしても我慢できなくて」

茜さんは鞄の中に手を差し入れると、まるで、何度も練習してきたかのような絶妙な間合いで、ゆっくりとそれを取り出した。

その巻物は鮮やかな朱色の地に金色の線描による雲の紋様が描かれた装いで、「天狗詫状」と墨書された縦長の題箋（だいせん）が貼りつけてあった。いや、一見そんなふうに見えるものの、それはすべてプリントされたもので、円柱状の羊羹の包み紙なのだと知ってしまえば、一瞬、漂った妖気も羊羹の甘さに霧散してゆく。

「行ってきちゃいました、伊東まで」

茜さんは舌を出してそう云ったが、そのフットワークの軽さこそ彼女の身上である。

「だって、天狗ですよ。これって、なかなかの偶然じゃないですか。たしかに艶めかしい恋文を期待していたのに、二度つづけて羊羹にはぐらかされたのはハズレと云うしかないです。でも、その羊羹の背景に天狗の伝説があったなんて、編集者としては見逃せません」

まったくそのとおり。いつ書かれたのかもわからない先生の手紙の中から、いきなり、羊羹がごろんと転げ出てきたようだった。

「先生の手紙によると、巻物は非公開とありますが、前もって云っておけば、出しておいてくれるようで、わたしは写真だけじゃなく、しっかりと現物も見てきました」

あたかも、天狗そのものを見てきたかのような口ぶりである。

「詫び状っていうのが、いいですよね」

「いや、でも」と私は少々ひっかかるところがあった。「その天狗の書いた文字っていうのが」

「ええ、そうなんです。なんとも不思議な記号みたいで、まったく読めないんです。偉い先生たちが解読を試みたそうですが、世界中を調べても、こんな文字は無いそうで」

「いや、だから、誰も読めないわけですよね」

「ええ、そうみたいです」

「じゃあ、どうして、それが詫び状だとわかったんだろう」

「あ」と茜さんは宙に点を打つように声をあげ、それから、しばらく黙ったまま言葉を探しあぐねているようだった。

「そうですね、どうしてでしょう」

「しかも、すごく長いんですよね」

「ええ、三千文字くらいあって、伝説によると、この巻物をのこして天狗は姿を見せなくなったそうです。それで、まぁ、たしかに憶測ではあるんですが、詫び状ではないか、ということになったんじゃないでしょうか」

「三千文字というと、原稿用紙にびっしり七枚半です。そんなに沢山、一体なにを詫びたんでしょう?」

「あ」と茜さんはふたたび宙に点を打ち、「それですよ、吉田さん」

「それ?」

「それを書いてください」

「あ」と私もまた宙に点を打ちたくなった。

なるほど、よく考えてみれば、茜さんが夏子さんの段ボール箱から先生の手紙をくすねてきたのも、そして、先生の手紙に誘発されて伊東まで出かけて天狗の詫び状を見学してきたのも、単なる好奇心からだけではないのだろう。好意的に見れば、資料集めの一環とも考えられ、天狗という奇妙なモチーフが、「詫び状」を介して先生の手紙とつながり、声で物語を描くという試みの栄養剤になっていた。

現に茜さんが読みあげた二通の手紙は、茜さんの声の向こうに先生の声を感じさせるもので、まったく読めない天狗の詫び状にしても、三千文字の長さと聞くと、いかにも朗々と——しかし一抹の哀しみを伴って語りつづける天狗の声が、あらぬ方から聞こえてくるようだった。

「××××」と天狗は、皆目、わからない言葉を延々と並べている。

が、こちらにわからないからといって、そこに意味や物語がないと決めつけるのは無粋である。物語が想像力と切り離せないものであると考えるなら、むしろ、読めないけれど、そこに物語があるという状況こそ、真に豊かな鉱脈を有していると云える。読めてしまえばそれまでで、読めないからこそ、物語は自在に伸縮して、どこまでも変幻しうる。

いつだったか、場末の古本屋で、チェコ語のペーパーバックが大量に売られているのに出くわしたことがあった。店主によると、いずれもチェコスロバキア時代の作家が書いた小説で、ざっと見ても、二百冊は下らない冊数だった。どの本も繊細かつ抽象的なデザインが施され、書名や著者名や出版社名と思われる文字の並びに、いささかも冗長なところがない。無論、表紙をめくれば中にはびっしりチェコ語による物語が詰まっていて、短編集と思われるものもあれば、持ち重りのする長編小説の大冊もあった。

しかし、驚くなかれ、どれひとつとして読めないのである。

チェコ語の素養が皆無なので、何のヒントもなく、見事なくらい隅から隅まで一文字も読めない。そんな二百冊がくたびれた段ボール箱に放り込まれ、厚かろうが薄かろうが、一律百円均一で投げ売りされていた。

読めないのに、本を取り上げては飽きずにページをめくり、箱の中で、二百を超える物語がひしめき合っている様に声をあげそうになった。

ここに物語がある――。

いまにも箱の中から声が聞こえてきそうだった。

そういえば、「本は声ですから」と先生も云っていた。

その一言で、まだ若かった私は、世界がひっくり返ったのを覚えている。新刊書店、古書店、図書館と私がめぐり歩いてきたところは、どこも無数の本棚が並び、気が遠くなるくらい大量の本があふれ返っていた。

そのすべてが声を持っていた。

書かれているのは森羅万象さまざまだが、そこには、もれなく著者の声が付いてくる。

どれほど事務的に機械的に綴られていても、それを書いた人間がいる以上、書きながら胸中に詠じた声が、きっとある。その声が文字に置き換えられて、すべてのページに閉じ込められていた。

世界は本という名の声で埋めつくされ、それらの声を発した人たちは、すでにあらかた、この世に存在していない。ただ、声だけがのこされた。

冴島君の云う「遠吠え」が何を意味しているのか、私は充分に理解していないが、この世が少なからず本に封じられた声によって彩られているとすれば、いまこうしているあいだにも、ここで、すぐそこで、向こう側で、あちら側で、ずっと遠くの果ての果てで、ページがひらかれるたび、声は再生されて、ときにそれは、哀切な遠吠えになるかもしれない。

それが、訳のわからない天狗の声であったとしても。

*

先生の手紙と天狗と羊羹をめぐる話を冴島君に話すと、

「ああ、いいですね」

冴島君は温泉にでもつかったような顔になった。

「ぼくも行ってみたくなりました。天狗の声を探しに伊東まで」

いまにも、「では」と立ち上がって旅立ちそうな身軽さである。

じつに、うらやましかった。私にはそうした行動力が欠けていて、冴島君から貰い受けた銀盤を聴くたび、彼が日本中を旅して採集してきた、さまざまな音の断片に旅情をそそられるばかりだった。

しかし、それで重い腰が上がるわけではない。

私はただ、〈ララ〉と〈アネモネ〉という地中深くまで根を張ったような古びた喫茶店に通い、茜さんと冴島君の冒険譚を聞くのが、「自分の役割なのだ」と観念していた。

「いや、そんなことは云わず――」

冴島君が、例によって、私の思いを見透かし、〈アネモネ〉のテーブルの上に地図をひろげながら明るい声で云った。

「このあいだの遠吠えを探しに行ってみませんか」

そう云って、地図のしわをのばしている。

このあいだ、というのは遠吠えに感応していた冴島君が、感応のあまり、自ら声を真似てみせた、あの遠吠えのことだろう。「行ってみませんか」と地図をひろげた以上、あの遠吠えの発声源をつきとめたということか。

「いえ、まだつきとめてはいないんです。ただ、方角はわかっていて」

冴島君は地図から顔をあげると、店の壁の一点を見つめた。

「あっちです」

水色の左目で、壁のずっと向こうにあるらしい遠い場所を見据えている。

「地図でいうと、こっちの方です」

出不精で通してきた私は、地図の見方もいい加減なのだが、おそらく、〈アネモネ〉から見て南東の方角へ向けて、冴島君が引いたらしき赤鉛筆の線が光っていた。赤い線はあたかも糸のようで、糸を際立たせるところどころに、聞き覚えのある東京の街の名前が小さな文字で記されている。

「では」と本当にそう云って、冴島君は立ち上がり、彼らしからぬ荒々しい手つきで地図を引っつかんだ。

「この赤い糸をたぐって、迷宮の果てに遠吠えの正体を見つけましょう」

口調は勇ましげだったが、さすがに荒々しいままやり通せず、いつもの几帳面さが勝って、丁寧に地図を折りたたんだ。

しかし、それにしても、「赤い糸」というのは私が胸の内に思いついた連想に過ぎない。それを、さも当たり前のように「赤い糸をたぐって」と冴島君は云ってのけたのだから、彼はやはり、他人の心の中の声を聞き取る術に長けているのだろう。

そのうえ、「迷宮」という言葉まで上乗せし、芝居がかった勇ましい口調でセリフを吐いたのは、彼ならではのユーモアに違いない。糸をたぐり寄せて迷宮から脱出するのは、ギリシア神話に出てくる「アリアドネーの糸」の冒険譚で、さっきまで天狗の伝説に喜んでいたのに、いつのまにか、神話の迷宮に紛れ込んでいた。

「行きましょう」

ここまでお膳立てされて、冒険に出ない者はいない。

「もちろん」と私は重い腰を上げ、しかし、コーヒー代を払って店の外に出たら、すでに、南東の方角がどちらなのかわからなくなっていた。

「こっちです」

当然、冴島君は糸をたぐり寄せなくても向かうべき方角がわかっている。きっと彼は、彼だけに聞こえる音を頼りに、見えない地図を思い描けるのだろう。

＊

私の推測どおり、冴島君は一度として地図をひろげることもなく、彼の左目だけがとらえている、見えない赤い糸をたぐり寄せて東京を横断した。

「遠吠えというからには、やはり、遠いところで吠えているわけだよね」

ずいぶんと歩いて山手線のガードをくぐり、見知らぬ街区に入り込むと、私は著しい疲労を両足に覚えていた。

「ということは、このまま遠いところまで歩いてゆくわけだ」

自分の声に力がなくなっていた。

「いえ」と冴島君は声に張りがあり、もしかして、神話の世界に遊んだままヒーローになりきっていたのかもしれない。

「以前にもお話ししましたが、遠いというのは距離のことだけではありません。時間的に遠い、ということもありますし、心情として遠い場合もあるでしょう。距離なのか、時間なのか、心持ちなのか。なんであれ、それが今いるところから遠くに感じられたら、向こうから聞こえてくる声や鳴き声は、これすべて遠吠えです。ぼくは、そう呼んでいます。だから、犬や狼が夜空に向かって吠える様だけを遠吠えというのではなく、声には出してはいないけれど、心の中で訴えているとか、誰にも届くことなく終わった何年も何十年も何百年も前の小さな声であっても、ぼくにとっては、すべて遠吠えなんです」

そういうことらしい。

それはそれで、まぁいいとして、私としては、彼が探している遠吠えまで、どのくらいの距離なのか、どれほどの時間なのか――もしくは、どの程度の心情なのか――具体的に「あと何時間」とか「あと何キロです」と教えてほしかった。

「でも、それでは冒険にならないじゃないですか」

しまった。また胸の内を読まれている。

「冒険をしたいんですよね？」

いや、そのとおり。どうせ重い腰を上げるなら、決まりきったガイドブックに従うのではなく、先行きのわからない冒険に臨みたかった。

これは、「どうせ飛行機に乗るなら」という話と同じである。

私が遠くへ旅に出ない理由は、ひとえに飛行機に乗りたくないからだった。

自慢ではないが、飛行機に乗ったのは、生涯でただ一度きり、六歳のときに羽田からプロペラ機に乗って鹿児島まで飛行したときである。そのとき、大変こわい思いをしたとか、紙一重で前後の便が墜落したとか、そうしたトラウマを抱えてしまったわけではない。むしろ快適なフライトで、子供ながら、しっかりと浮遊の面白さも体感していた。しかし、まだずいぶんと無邪気だったわけで、そのあと、友人が経験した紙一重の命拾いなどを聞かされるうち、一生、飛行機には乗らない、と固く決心したのだった。

とはいえ、大人になって、大人の日々を送っていると、

「え、外国に行ったことがないんですか?」「信じられない」「行きましょうよ」

「人生、変わりますよ」「なにを子供みたいなこと云ってるんです」

誘惑と野次が方々から飛んできて、ごく稀に、「そこまで云うなら」と魔が差すときが、あるにはあった。が、行き先を聞いて、すぐ隣の国だったりすると、

「どうせ乗るなら」

と思ってしまうのだ。どうせ乗るならすぐ近くではなく、二度と行けないような遠くまで行ってしまいたい。

そんな、ひねくれた思いが冴島君の言葉に呼び起こされた。

「どうせ冒険をするなら、なるべく遠くまで行こうじゃないか」

冴島君にほだされて、こちらまで勇ましげなセリフを吐きかけたところ、

「あ」と冴島君が宙に点を打って立ちどまった。

「近いです」

目を閉じて、耳を澄ましている。

「あそこです。あのビルの辺りから聞こえてきます」

そう云って冴島君が指差した先にあったのは、夏子さんの代書屋が屋上にある、あの古びた雑居ビルだった。

たとえば、もし、これがギリシア神話の時代の道行きであったら、およそこのような停滞はまず考えられない。

なにしろ、地図を片手に目指してきて、目的地に、あと一歩というところまで来ていたのである。神話の時代でなくても、そのまま直進するのが当たり前で、そんなことは重々承知している。なにより、冴島君のたぐり寄せた赤い糸の行き先が、ほかでもないあの雑居ビルだったのだ。私としても、一刻も早く何が起きているのか確かめたかった。

知らず知らず

しかし、その一方で、どうにもこうにも、へとへとであった。

私は普段、「へとへと」という言葉を使わない。けれども、この使い古した雑巾にでもなったような疲弊は、「へとへと」以外のなにものでもない。

「ええと、あの」と、私はどことなく見憶えのある十字路に差しかかったところで立ちどまり、「へとへと」にふさわしいため息まじりで、「ちょっと、休んでいこうか」と前を歩く冴島君に声をかけた。

え、そんなの駄目ですよ、こんなところまで来て――と冴島君はそう云うのではないかと予測したのだが、意外にも、「あ、いいですね」とあっさり同意し、「ここでいいですよね」と十字路の角にあった見慣れたチェーン店に迷わず入って行った。

そうした一切が、どう考えても、神話の時代から大きくかけはなれている。提案したこちらが鼻白んだほどで、それにしても、「へとへと」がもたらす負荷は著しく、ゴールを目前にして、われわれは、ふたたびコーヒーを飲ませる店の客となった。

なんという停滞だろう。自分の体力のなさに情けなくなってくる。

しかし、よく考えてみると、ここでいったん気持ちを落ち着けて、冴島君に問い質すべきことがいくつかあるはずだと気がついた。ところどころ、すり切れているビニールレザーのソファーに腰をおろし、そそくさとコーヒーをすすって、ひと息つくと、忘れないうちに、冴島君に質問をぶつけてみた。

一、こうしているあいだも、冴島君には遠吠えが聞こえているのか。
二、目的の遠吠えの他に、別の遠吠えは聞こえていないのか。
三、それは、実際に「声」として聞こえているのか。
四、もしかして、それは人間の声なのか。
五、もし、そうであるとしたら、それは男の声なのか女の声なのか。

以上に対する冴島君の答えは次のとおりだった。

一、いまは聞こえないが、いまさっきまでは聞こえていた。

二、同時に複数の遠吠えが聞こえるときもある。
三、それは、まぎれもなく「声」であり――、
四、人間に限らず、あらゆる生物の発する声である。
五、今回の声は、おそらく人間の女性の声と思われる。

そういうことらしい。

しかし、どうも冴島君は、こちらが胸の内につぶやいた声ならぬ声を聞き取る能力も持っているようなので、「聞こえる」というのは、たとえば、蝙蝠(こうもり)が超音波を感知するようなもので、誰の耳にも届く「聞こえる」ではない。

というか、実際に女性が声をあげて何ごとか訴えていると考えるのは、たぶん正しくない。

「いや、実際に女性が声をあげていると思いますね」

冴島君は、私が声に出して云う前に、先まわりしてそう答えた。

「だから、気になったんです。これがたとえば、野太い男の声だったら、さして気にとめません。でも、女性の声となると、あるいは、助けをもとめているのか

もしれません」

「ふうむ」と私は声を落とした。

ついこのあいだ、私はあの雑居ビルを訪れ、それなりの時間をかけて階段をひとつひとつのぼったのだ。そのときに感じた少しひんやりとした空気を体がまだ覚えていて、それを思うと、「助けをもとめている」という冴島君の言葉が、そこだけ太文字になって引っかかった。

すでに入居者の多くが退去している。ある階は、まったく無人らしいと茜さんが云っていた。人がいないとなれば、人ではない何ものかが住みつきやすくなると聞いたことがある——。

眼鏡が曇る話が思い出された。

あのときは階段をのぼりながら茜さんの話を聞いていたので、たとえば、どこかの階に差しかかったときに、ふいに眼鏡が曇るようなことがあったかどうか思い出せない。もし、そんなことがあったとしても、茜さんの話に答えた自分の息によるものだと思ったろう。まさか、先生が云うところの「魂だけになってしまった人」——ようするに幽霊の気配をとらえて、その気配の中を通過してしまったとは思わない。

それに、冴島君もそうだが、先生もまたそうしたゴースト・ストーリーの類を何ということもなく話したので、その影響か、私もまた、少々、背筋がひやりとしても、身構えることがなくなっていた。

そのつもりだった。

*

「それにしても」と冴島君の左目が心なしか光を発しているように見える。「このビルが、夏子さんのいらっしゃるビルだとは、さすがに、これぱかりはぼくにも読み取れませんでした」

ビルの外では残照が街を染め、光がやわらかく消えのこっていたせいか、ビルの中は妙に薄暗くひんやりと感じられた。

「てっきり、冴島君は知っていたのかと思っていたけれど」

「だって、それでは冒険にならないじゃないですか」

彼は左目を光らせて階段を見上げていた。

「何階？」と訊くと、

「わかりません」と首を振る。

「でも、このビルの、どこかから遠吠えが聞こえたのは——」

「それは、間違いありません」

次第に暗さに慣れてきて、「では」と声をあげて、彼はおもむろに階段をのぼり始めた。エレベーターは故障したままで、どうぞ行ってらっしゃい、と云い残して私は逃げ出したかったが、すでに、「へとへと」は脱して体力を取り戻しつつあり、それなら、階段くらいのぼってみせよう、と妙なプライドに背中を押されていた。

それに、茜さんは威勢ばかりよくてどこか頼りない同行者だったが、冴島君が隣にいれば怖いものは何もない。胸の内へ、そう云い聞かせた途端、

「ちょっと怖いですね、ここ」

冴島君が急に声のトーンを落とした。

「ビル全体に声がこもっています」

「というのはどういうこと？」

「こうした古いビルではよくあることです。居住者の数が多いときや、数は少なくても、それぞれの思いが強かったりすると、オーケストラのように、いくつも声が重なって響くんです」

階段をのぼる足がもつれそうになった。よく夢の中でそんなことが起きる。のぼっているはずなのに、進んでいる手応えがまるでない。

じゃあ、これは夢なのかと立ちどまった。

そういえば、自分はへとへとに疲れてコーヒー・ショップのすり切れたソファーにへたり込んでいた。あのまま目を閉じれば、あっけなく眠りに落ちたはず。

「その夢の中にいるんですよ」

誰かが、そうやさしく囁いてくれたら、むしろ安心できるのだが。

「いえ、これは夢じゃないです」

冴島君が、こちらの思いを断ち切るようにきっぱりと云った。

「足がもつれるのは膝が笑ってしまったんでしょう。膝が笑う、は先生の好きな言葉でした。普通に歩いていたら気づきませんが、ここまで歩いてくる道のりがゆるやかな勾配だったんです。長い時間をかけて、ゆるゆる坂をおりてきた感じです。それで、知らず知らず、膝に負担がかかってしまったんでしょう」

そうなのか。

それにしても、この世はなんと多くの「知らず知らず」に充ちていることか。

あるいは、自分の鈍感さが、この世をとらえきれていないだけかもしれないが、
それにしてもである。私には、遠吠えはもちろん、ビルの中にオーケストラのように響いているという無数の声も聞こえない。あの道のりがゆるい下り坂であったとは思いもよらなかった。

「このビルには、思いをつのらせた人たちが何人かいたみたいです。どうやら、数の多さではなく――念が残るという云い方がありますが、まさにそれです。といっても――」

冴島君は階段をのぼりながら、周囲に水色の目を光らせた。

「怨念とか、そういったものではありません。せいぜい、無念といったところでしょうか」

「となると」

私は訊きたいような訊きたくないような思いを行ったり来たりしていた。

「ここには、もう誰もいないのかな」

「みたいですね」

冴島君は立ちどまって目を閉じた。

「正確なところはわかりませんが、実体のある方は、ほとんどいないです」

「その、実体があるとかないとかいうのは——」

「言葉どおりの意味です。といっても、あれです、先生がよく云っていた、魂だけになってしまった人、とかそういうことではなく、すでに、この場を立ち去ってしまったんですが、匂いや足跡が残るのと同じように、声が行き場を失って、その辺りに残っているんです。ここは、もともと気の流れがよくない上に、換気が行き届いていないみたいですから、すべての窓をあけてしまえば、声もすっかり消えてなくなるでしょう。その程度のことです」

「じゃあ、遠吠えというのも——」

「ええ。声の持ち主は、もうここにいないということも考えられます。たとえば、いま云ったように、窓をあけて声を逃したときに、強い思いが狭い窓をくぐり抜けて外気に解放されます。そのとき、部屋の中に散らばっていた声が一気にあつめられて発散され、圧縮された声が叫び声のような——遠吠えのような声になることがあるんです」

そうした声は、一体どこへいってしまうのだろう。

初めて冴島君の銀盤を聴いたときのことを思い出した。

一聴した限りでは、無音と思われたその向こうに、よくよく耳を澄ますと、壁ごしに聞こえてくるような、くぐもった男女の声があった。

「ええ」と冴島君は事もなげに云う。「いまここで、このビルに宿っている音を録音したら、かなり高い確率で、ああした声がひろえると思います」

「それはつまり、ここにいない人たちの声ということ？」

「もちろん、そうです。あと百年したら、ぼくが云っていることは当たり前になりますよ。たぶん、音用のベンジンのようなものが発明されるはずですから」

「ベンジン？」

「ええ。しみ抜きのベンジンです。昔、クリーニング屋でアルバイトをしたときに覚えたんですが、しみ抜きって、あれ、転写みたいなもので、しみが付いた布の下に別の布を敷いて、上からベンジンを叩き込むんです。すると、しみが下の布に抜け落ちて、色や香りがそのまま移されます。原理はそれと同じです」

「同じって？」

「たとえば、壁なんかにスプレーのようなもので、音用のベンジンを吹きかけます。そこへ特殊な平面状のマイクを押し当てると、壁に染み付いた音がベンジンによって揮発(きはつ)し、声や物音に還元されて、マイクに転写されるわけです」

「そんなものが――」

「いえ、いまのはあくまでぼくの空想で――でも、過去の音が何かに染み込んでいるのは間違いないので、いずれ、そうしたものが発明されるでしょう。しかし、いまはまだ――」

いまはまだ、壁に音が染み付いたままらしい。

あちらにも、こちらにも。

残念ながら、いくら耳を澄ましても、私には何も聞こえてこなかった。

＊

ようやく屋上に辿り着いたときには、ほとんど陽も落ち、周辺のビルのネオンが巨大なホリゾントとなって、さまざまな色が混じり合った奇妙な光を投げかけていた。

「あら」と、ドアをあけて私の顔を見た夏子さんの顔も、何色とも云えないネオンによって照り映えている。

「すみません、急に来てしまって」

私が恐縮してそう云うと、夏子さんは目ざとく冴島君に視線を移し、「こちらは?」とかすかに警戒するような物腰になった。

「友人です——というか、彼も白井先生の弟子のひとりで」

「あら、そうなの」

急に顔を明るくし、夏子さんはドアを大きくひらいて、部屋の中にわれわれを招き入れた。

「まだ、ぜんぜん片付いてなくて」

段ボール箱が積み上げられたままになっている。

「もしかして、いらっしゃったのは、茜の——」

夏子さんは、そう言いかけて口を閉ざし、

「それとも、先生のお弟子さんといらっしゃったということは、先生のことで何か――」

語尾が曖昧になった。

「いえ」と私はそう云ったものの、なんと説明していいかわからなず、仕方なく、こちらも語尾を濁していると、

「偶然なんです」

冴島君が割り込んできた。

「偶然？」と訊きながら、夏子さんは冴島君の左目を見ている。「偶然、通りかかったということですか」

「いえ、声を探して冒険に出たら、偶然、行き着いたのがここだったんです」

夏子さんが横目で私の方を見て声をひそめ、

「何の話？　恋を探して？」

と半分、顔が笑っている。

「いえ、恋ではなく、声なんです」

私が訂正すると、

「声って？」

夏子さんは笑顔を引っ込め、怪訝そうに眉根を寄せて冴島君の顔を見なおしていた。が、冴島君は、「あ、ちょっと待ってください」と右手を肩のあたりまで挙げ、

「誰か来ます」

そう云って、いま入ってきたばかりのドアを見据えて、こちらの注意を促した。われわれは部屋の真ん中に立ったまま視線をドアに集め、一様に耳を澄まして、ドアの向こうの気配や物音をうかがっていた。

すると、そのうち確かにドアをノックする音が聞こえ、

「どうぞ」

夏子さんが声をかけると、ドアは音もなく、するするとこちらに向かってひらかれた。

思わず、身をすくめる。

ドアノブの向こうに白い手が覗き、つづいて、茜さんのびっくりしたような顔があらわれた。

「なあんだ」と夏子さんが息をつく。

「何なの？　なあんだってどういうこと？」

茜さんは、驚いた顔のまま私と冴島君を交互に見ていた。

「どうして、二人がここに？」

「あ、茜はこちらのお弟子さんのこと、知ってるんだ」

今度は夏子さんが驚いた顔になると、

「冴島君だよ」

茜さんはそう云ってから、

「あ、そうか、夏子は冴島君のことは知らないのか。そうかそうか」

と一人で納得し出した。

「どういうこと？」

「あとになって大谷さんから聞いたんだけど、わたしたちが先生のところでアルバイトをしたのって、胃腸炎で休んでいた冴島君の代役だったのよ」

「ああ」と冴島君も話がつながったらしい。「じゃあ、ぼくはあのとき、知らず知らずのうちに夏子さんに代わりを頼んでいたんですね」

「そういうことだったのね」

　夏子さんは苦笑し、

「じゃあ、あのときから、わたし、代書屋になる運命だったのね」

「でもさ」と茜さんはいまいちどこちらを見て、「それなら、なおさら二人がどうしてここにいるのかわからないんだけど」

　そう云って顔を曇らせたとき、まず最初に、冴島君がドアの方を見て、つられて夏子さんもそちらに気をとられて静止していた。そうなると、私も茜さんも見ないわけにいかない。

　はっ、と誰かが息を呑む音が聞こえ、そこへ重ねて、ドアが音もなくひらかれた。みしりと床が音をたてたように感じたのは気のせいだったろうか。

　しかし、誰もいない。

　誰も入ってこなかった。

「もしかして――先生ですか」

　冴島君がそう声をかけたとき、突然、夏子さんが床にひざまずき、荒野の狼がそうするように、顎(あご)を上げて、「うううううう」と喉の奥から声を絞り出した。

そのとき、とうに姿かたちを失ったはずの白井先生がドアをあけ、

「とはいえ――」

と云いながら、そこにあらわれたのかどうかはわからない。

「あらわれたのだ」と誰かが断言したら、そのとおりであるようにも思うし、

「そんなはずがない」と誰かが反論したら、もちろん、それが正しいと同意する。

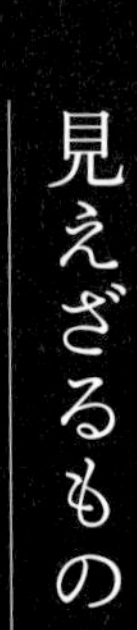

見えざるもの

本当のところはわからなかった。少なくとも、私と茜さんには判断できなかったし、冴島君でさえ、そうした——何というのか、「見えざるもの」と云ったらいいのだろうか、そうしたものをとらえているようには見えなかった。

しかし、夏子さんだけは、とらえていたのかもしれない。

というか、夏子さんを除いた三人は、たてつづけに驚かされて忙しかった。音もなくドアがひらき、(もしや、先生？) とまずはそちらに驚かされたが、いきなり夏子さんが狼のような声をあげてひざまずいた姿になおさら仰天した。

「あ」「あ」「あ」と三者三様に「あ」を発し、ドアの方を見やって、ともあれ誰も入って来ないことを確認して、ひとまずは安心した。おそらく、茜さんがドアをしっかり閉めなかったので、屋上に吹く風の力で自然と開いたのだろう。

どうしたらいいものかと、皆、戸惑っていた。突然の嗚咽(おえつ)になす術もなく、「あ」と云ったきり、三人とも夏子さんの震える肩を見守るしかない。

「どうしたの、夏子」

最初に声をかけたのは茜さんだった。

「先生がいらっしゃったんですよね」

あとを継いだ冴島君の問いに、夏子さんは泣きながら頷いている。

その涙は、おそらく悲しさによるものではなかった。どこか苦痛に耐えているかのようで、その苦痛というのも、たとえば、急病が招いたものではなく、いま目の前で起きたこと、つまり、ドアが開いて誰かが入ってくるのではないかと皆が一斉に身構えたことが原因になっているようだった。

「どうしたの、どこか痛い？」

夏子さんの背中に手をあてながら茜さんが訊くと、

「どこも痛くなんかない」

夏子さんは大きく首を振り、髪を乱しながら、「いっそ」とつけ加えた。

「いっそ、どこか痛い方がよかったくらいです。わたし、体だけは頑丈に出来ていて、箪笥の角に足の小指を思いきりぶつけても、『いたっ』て声は出るけど、それっきり忘れちゃう」

「それはまた頑丈ですね」と冴島君が感心したように云った。

「だけどね」

夏子さんはひざまずいた体勢から床に座りなおしてきちんと正座をした。

「肉体的な痛みなんて大したことはなくて――」

夏子さんはやはり、もうひとつ語尾をはっきりさせなかった。涙はもう引いているようで、どちらかと云うと、毅然とした表情で口を結んでいる。

「どこか痛いところがあったら、痛い痛いってそっちに気をとられて少しは気も紛れるけど、どこも痛くないし、至って健康だから――だから泣けてくるの」

大きな瞳から涙があふれ出した。

「苦しくて、切なくて、たまらなくなる」

「何が？　どうして、そんなに切ないの」

茜さんは夏子さんの背中に手をあてがった。「もしかして、先生のこと？」

「他に何があるのよ」

茜さんの手を払うように問い返した。

「じゃあ」と茜さんは開きかけたままのドアを指差す。「こういうことが、これまでにもあったわけ？　つまりその――先生はここへ何度か訪ねていらっしゃった？」

夏子さんは正座をしたまま両手を膝の上で合わせた。

「いらっしゃったわ」

「亡くなってから？」

「そう。ほとんど毎日」

「それはどうして？　どうして、先生は夏子のところへやってくるの」

「きっと、恨んでいらっしゃるんでしょう。わたしが手紙を美知子さんに渡さなかったから」

夏子さんは部屋の隅の段ボール箱を横目で見ていた。

「そのうえ、わたしが勝手に返事を書いていたわけだし」

「ちょっと待って、先生はそのことを知っていたんだっけ」

「ううん、先生は最後の最後まで知らなかったと思う。だって、わたしは完璧に美知子さんになりきって書いていたし、先生も、最後までわたしの書いた手紙を美知子さんからのものだと信じて返事を書いていた。そのことがね、ずっともどかしくて切なくて――」

「それは何？　嘘をつきつづけていたから？　だって、それもまた代書屋の仕事なんだって、自分でそう云ってたじゃない」

「ううん、そうじゃなくてね、美知子さんになりきって手紙を書くことは、むしろ楽しかったの。でも、先生から美知子さんに送られてきた、その」と段ボール箱を鼻先で示し、「その手紙を読むのがとってもつらかった。だってね——」

　夏子さんはわずかに顎を上げて目を閉じた。

「だって、それは美知子さんに宛てて書かれたもので、わたしに向けて書いてくれたものじゃないんだから」

「え？」と今度は三者三様の声がひとつに重なった。声は三様だったが、疑問はひとつで、茜さんが三人を代表するように、

「ちょっと待って、夏子、もしかしてあなた——」

　そう云うと、「はい」と夏子さんは正座のまま姿勢を正して早口になった。

「わたしは、先生のことが好きでした——とってもとってもね」

＊

「茜と一緒にアルバイトに行ったときは、正直云って、先生の印象ってあんまりないの。すごく変わった考え方をする人というふうには思ったけど、わたしもま

だ若かったし、その変わった考え方が、じつは、生活の端々を活き活きさせるものになっているとは、まだ思い至らなかった。

「ああ」と冴島君が嬉しそうに頷いた。「わかります、それ」

「だから、そうしたことって、わりと最近になって気づいたわけで、つまり、わたしが先生に魅かれたのって、そういうところじゃなくて、最初は見た目だったんです」

「え、ルックスってこと？」

茜さんはあきらかに驚きの声をあげたが、思いなおしたように、

「そうね。そういえば白井先生って、どこかバタくさい顔で、ちょっと男前だったかもしれない」

「偶然見かけたのよ――」

ファミレスでね、夜おそくに。ちょうど代書屋の仕事を始めたころで、ある女性から依頼があって、書き上げた手紙を届けに行った帰りに、たまたま通りかかったファミレスに入って、コーヒーを飲んで、簡単な食事をして。

なんの気なしに窓ぎわの席の方に目をやったら、そこに先生がいらっしゃった。

ひとりでパンを食べていて、右手にバターナイフを持って、左手にトースト・パンを持って、すごく巧みに——なんて云うんだろう、指のちょっとした動かし方とか、すごく格好よくて、なんだか見とれちゃって。

だからね、正確に云うと、（あ、先生だ）と気づいたのは少ししてからで、最初は、その指ばかり見てたの。

（なんなの、このいかしたバターナイフさばきは）って。

それで、ついでのようにお顔を拝見したら、ちょうど、わたしの席からは横顔しか見えなかったんだけど、鼻が高くて、睫毛が長くて、歳は若くないけれど、なんか知ってる、このひとのこと、わたし知ってる、と思って。誰だっけ？　テレビで見たことがある？　俳優かな。それとも、兄貴が働いてるバーに来るお客さん？

しばらく考えながらじっと見ていたら、そのひと、不意にバターナイフをテーブルの上に置いて、鞄の中から、ものすごく古びた国語辞典を取り出したの。その辞典のぼろぼろ具合に覚えがあって、一気に学生のときに戻されて、（あ、バッテン先生だ）って。

でね、ちょっと勇気を出して、声をかけてみたの。

突然、ごめんなさい、わたし、じつは以前、先生の編集部でアルバイトをさせていただいたことがあって、大谷さんの紹介で、短期間でしたけど――そう云ったら、急に先生の目が輝き出して、「ああ、覚えていますよ」って――たぶん、覚えてなかったと思うけど――「どうぞ、そこへ」って先生の前の席に座るように云って、わたしの目をまっすぐに見て少し笑ったの。

そのときの身のこなしとか、笑ったときの目尻のしわの寄り方とか、どれもが、それまでわたしが出会ったことのないものだった。なんだか魔法にかかったみたいになって、先生と差し向かいで色々と話していた。訊かれるまま、自分のこととか――。

わたしはいまビルの屋上で代書屋をしていまして、もともと兄が請け負っていたんですが、兄が働いているバーがその古いビルの中にありまして、大谷さんはそのビルのオーナーなんです――ってそんな話をしたら、先生、さらに目を輝かせて、

「そうですか、あなた、お名前は――夏子さん？　そうですか。ええ、だんだん

思い出してきました。しかし、あの大谷君とそんなふうにつながりのある人と、こんなところでお会いするなんて――なんというめぐりあわせなんでしょう」

先生はとても驚いているふうで、

「しかも、あなたのお仕事がまた代書屋とは。こんなことってあるんですね」

そこから先生は話し方がゆっくりになり、ところどころ口ごもったり、しばらく黙って考え込んだりしながら、「めぐりあわせ」という言葉を使った意味を説明してくれました。

「ここのところ、大谷夫妻との交流が途絶えていたんです。というのも、住所を控えていた手帳をなくしてしまって、連絡の取りようがなくて困っていたんです。しかし、そんなことならぜひ、大谷夫妻の連絡先を教えていただけませんか」

そうおっしゃって。でも、わたし、そのときは大谷さんの連絡先がわからなくて、「家に帰ればわかります。わかったらすぐに連絡を」と云いかけたのを、先生は「いやいや」と制し、「あなたの家というのは、その大谷君のビルにある代書屋の事務所のことでしょうか」と訊きました。

「ええ、そうです、いまはそこに住んで仕事をしています」とお答えしたら、

「じゃあ、ぼくがそこへ参りましょう。住所を教えてください」

そうおっしゃって、「そんな、わざわざ」と云ったのに、「ぜひ、そうしたい」と先生は譲らないんです。それでわたしは簡易プリントでつくったぺなぺなの名刺を差し上げました。

行きますよ、と先生はそう云ったけれど、なにもわざわざいらっしゃらなくても、電話一本いただければ用は済むのに、そう思っていたら、本当にいらっしゃったんです――。

そこまで話を聞いた茜さんが、「そうか」といまさらのように納得して腕を組んだ。「さっきの、ここへ来たことがあるっていう話は、幽霊になった先生が夜な夜な訪ねてくるってことじゃなくて、生きていらっしゃったときの話だったわけね」

「うん」と夏子さんは小さく頷いた。「だけど、夜な夜ないらっしゃるというのも、そのとおりで、先生はこっちの世界にいなくなってから、ほとんど毎日のようにここへあらわれて――だから、さっきも云ったけど、毎晩、先生とお話しするうち、わたしが美知子さんになりすましていたこともバラしちゃったの。死んじゃったんだから、もういいかって、全部打ち明けたら、先生、笑いながら『そうでしたか』なんて最初こそ笑ってたけど、きっと、すごくショックだったと思う。毎晩のようにいらっしゃるのは、たぶん、わたしを恨んでいるからです」

「いや、そうじゃないと思いますね」

冴島君が急に真顔になって云った。

「ぼくのような者が、こういうことを云うのもなんですけど――いや、ぼくのような者こそが云わなきゃいけないんですが、夏子さんが毎晩のように会われているという先生の幽霊は、きっと、夏子さんの心の中のわだかまりが作り出した幻影です。先生がいまもそのあたりをうろうろしているというのは正しくありません」

「ええ」と夏子さんはすぐに認め、「そうですよね」と意外にあっさりと頷いた。「こうした夜ごとの儀式が、わたしのひとりよがりだってことはよくわかっています」

でもあの日――茜の云い方を真似するなら、まだ生きていらっしゃった先生が、ビルの階段を一段一段のぼって、ここまで、この屋上まで来てくださったんです。

すごく汗をかいてらして、「田舎から送られてきたものですが」と云って、重いのに桃をぶらさげて、「どうぞ」って、五つも立派な桃をくださった。

「ぼくはね」と先生はおっしゃいました。「あなたのような若い人が、こうしたビルの屋上で、よりにもよって代書屋をしていらっしゃるということに感銘を覚えています。本当を云えば、大谷君の——というより美知子さんの住所を教えてもらうために来たのですが、いまここへ来て少し考えが変わりました。

ぼくは、じつを云うと、住所を教えていただいて美知子さんに手紙を送りたいと考えていたのです。でも、やはり住所は知らないままの方がいいようです。そう思いました。ぼくが直接送ったら、もしかして、大谷君が気づくかもしれません。それは何よりよくないことです。

でも、手紙はどうしても書いてみたいのです。

それで、こう考えました。

ぼくは、この夏子さんの事務所に美知子さんへ宛てた手紙を送ります。これは、代書というより代送と呼ぶべきかもしれませんが、どうか、その手紙を夏子さんから美知子さんへ、こっそり手渡していただきたいんです。きっと、それがいい。

それがいいです」

先生は、とても熱っぽくそうおっしゃいました。そんなふうに云われたら、お引き受けするしかなく、代書屋の仕事としてはずいぶんイレギュラーだったけれど、先生のお役に立てるのなら、と甘い気持ちで引き受けてしまったんです。

しばらくすると、先生から手紙が送られてきました。わたし宛の封筒の中から、美知子さん宛のひとまわり小さな封筒が出てきて、それを、約束どおり、大谷さんに気づかれないよう、そっと、美知子さんに手渡しました。

「たぶん、お返事は書けないと思います」

美知子さんは、そう云ったんです。

ああ、とわたしは思いました。先生は、さぞやがっかりするだろう。一体、どんな手紙を書いたのか知らないけれど、それは、きっと恋文に違いなく、自分の思いに美知子さんが返事をくれるであろうと信じていたはず。

それで——それで、わたしが代わりに書いたのです。

代書屋の性(さが)がそうさせたのでしょう。そういうことにしておいてください。わたしは、先生が書いたその最初の手紙だけは読んでいないんですが、これまでの経験から想像を働かせ、先生がもとめているのは、きっと、こういう返事じゃないかと自分なりに考えて書いたんです。

そうしたら、すぐにまた先生から手紙が届きました。同じように、わたし宛の封筒の中に美知子さん宛の小さな封筒が入っていて、その宛名をしたためた青い萬年筆の文字が、心なしか震えていました。

わたしは悩みました。

その手紙を、美知子さんに届けるべきかどうか。

いや、本当を云うと、そんな冷静な選択をしたわけじゃなく、先生の書いた宛名書きを穴があくほどじっと見つめるうち、本当に封筒に穴をあけて、中の文面を覗いてみたい衝動に駆られたんです。

だって、よく考えてみれば、先生はわたしが代書した――と云っても勝手に書いたものですけど――でも、いちおうわたしが代書した返信を読み、それに応えるかたちで手紙を書いてきたのです。だったら、わたしにだって読む権利が少しはあるはず――そんな、でたらめな理屈をでっちあげました。

それで、わたしは封を切って、中の手紙を読んでしまったのです。

「その先生の手紙は、わたしが想像していたよりもはるかに――いえ、きっと、わたしひとりの想像だけじゃなく、ここにいる誰もの想像を超えるような、とても情熱的な手紙でした」

おかしなこと

五丁目
9-3
NHK

もし、こんな手紙を大谷夫妻のもとへ送り込んでしまったら、なにごともなく平穏だった美知子さんの人生に、思いがけない混乱をもたらすに違いない。だから、これでよかったんだと、そう思いました。

そればかりか、もし、美知子さんが困り果てて大谷さんに手紙を見せ、それで先生の思いが陽のもとにさらされてしまったら、先生の名誉に傷がつくかもしれない。それは、わたしの望むところじゃない。それだけは避けないと。

美知子さんには、二通目が届いたこと自体、お知らせしませんでした。

わたしは、誰にも内緒で手紙をしまい込み、そして、ここからは代書屋の意地です。その情熱的な手紙を読んだ美知子さんになりかわって、先生にお返事を書きました。

こうして、わたしの奇妙な代書が始まったんです。

いま、幽霊になっていらっしゃる先生には、すっかりバラしてしまったけれど、生きていたあいだは、決して本当のことを云わずにいました。ずっと、なりきっていたんです。われながら見事だったと思うし、そこはもう、この仕事をつづけてきた腕の見せどころで——。

「ねぇ」と茜さんがたまりかねたように口をはさんだ。「それってつまり、やきもちをやいたってこと？」

「そうじゃないけど、もしかして、そうなのかな。わたし、何度か先生の編集部まで、直接、手紙を届けに行ったこともあって。それは、わたしが望んだことでもあったけれど、わたし宛の小さな走り書きに、〈お礼をしたいので、いらっしゃいませんか〉と先生の方からお誘いがあったの。何度かお食事に連れて行ってもらって――ああ、あの鰻のおいしかったこと」

「鰻？」「うなぎ？」と私と茜さんの声が重なり、茜さんが唾を飲み込む音がはっきりと聞こえてきた。

「それで？」

「うん。でもね、ああ、こうして美味しい鰻を食べているわたしって、美知子さんの代役に過ぎないんだって途中で気づいちゃった。代書をするって、こういうことなんだって。手紙だけじゃなく、この体まるごとわたしは代役で――すごく悔しい気持ちになって、泣いてしまって」

「先生の前で？」

茜さんは驚いて目を大きく見開いた。

「ううん、この部屋に戻ってきてから。自分がみじめで。わたし、もう自分で自分がわからなくなって。ただ、先生の気持ちに応えたい、本当の自分じゃなく、あくまで美知子さんになりかわってだけど、それでもいいって、そう思ってた。でもね、いま、茜に訊かれて、またわからなくなってきた。なりかわっていたつもりだったけど、手紙に書いたことは、どれも自分の気持ちだったし、きっと、わたしは、やり場のない自分の思いを解消するために、頼まれてもいない代書をつづけていたんだと思う」

＊

ひとまず、夏子さんの気持ちが落ち着くのを待って——と私も茜さんも冴島君も同じようにそう思っていたに違いない。けれども、結局のところ幽霊の存在を夏子さんはさほど信じていないようだったし、そうであるなら、何がどうなれば、夏子さんに穏やかな時間が戻ってくるのか、簡単に答えは見つかりそうになかった。

だから、とりあえず夏子さんが誰にも云えずにいたことをひととおり話し、そのうえで訪れた静かな時間を、「穏やか」と見なして、私たちは彼女の部屋から引きあげてきた。

そして、これはビルの外に出てようやく意識されたことだったが、階段をのぼっていたときはあんなに物怖じして足が覚束なかったのに、帰りは三人で、「それにしても」「驚いたね」「まさか夏子が」「そういうことだったとは」と、好き勝手な言葉を並べながら、さっさと七階ぶんの階段をおりてきた。

行きはよいよい帰りは怖い、とわらべうたの歌詞ではそうなっている。では、行きが怖かった場合は、その帰り道が、「よいよい」ということになるのだろうか――。

ビルを出ると、どことなく生あたたかい外気に全身がしっとりと浸された。

「どうしましょう」

茜さんがヒールの踵を路面に打ちつけ、風を読むように、右に左に頭をめぐらせている。

「もし、よろしければ鰻はどうでしょう？」

「いいですねぇ」と、今度は冴島君とユニゾンで声が揃った。

「ですよね」と茜さんは自分の提案が的はずれでなかったことに安堵したようで、「よかった」と小さく拍手をして、すぐに歩き出した。

私も冴島君も一日を振り返ってみれば、ろくに食事をしていない。そのうえ、夏子さんの話に刺激されて空腹が著しいことになっていた。

ただ、どうしてそういう思いになるのか説明がつかないが、先生の葬儀を終えた帰りに冴島君と二人で川べりの小さな食堂に寄ったときと同じ心持ちになった。あのとき、見渡した視界に、「鰻」の看板があったら、迷うことなく「精進落とし」を云い訳にして贅沢をしただろう。

そもそも、川べりにはそうした料理屋がふさわしい。あの日は、時間がまだ早かったせいで妥協せざるを得なかったが、時間を巻き戻して本心を詳らかにすれば、こんなときくらいは、時間の流れが川のようにゆったり流れる料理屋に腰を落ち着けたいと希っていた。

だから、期せずして鰻屋へ立ち寄る機会に恵まれ、それも、ぼんやりした男二人だけではなく、茜さんが加わって――喪服こそ着ていなかったものの――心情としては、いまいちど、告別の儀を終えたあとのような清々しさがあった。

いや、清々しさと哀惜を行ったり来たりする、あのなんとも云えない気分が甦り、茜さんの足が向く方にしたがって黙って歩いた。

食べましょうか、と提案した時点で、茜さんには店の見当があったのだろう。辿り着いたのは川べりではなかったが、繁華街から離れた、一見してさびれた路地のつきあたりだった。路地には、仕立屋と理容室と戸を閉ざした店々が軒を並べ、そうした中で、その鰻屋は、立派とも云える店構えで、裏手には神社を擁した暗い樹々が窺えた。

もっとも、これは路地の側から見ているのでそうした風景になるが、向こう側から見れば、神社の裏手の、おそらく、ひと昔前まではそれなりに飲食店などが集まった紅燈横丁であったと思われる。

茜さんは、こうした異界に半分占拠されたような界隈を、じつによく知っていた。あの大時計を階段の上に隠し持った〈一六書房〉からしてそうだったし、夏子さんのいる雑居ビルも、天狗の詫び状が保管されている寺にしても、いずれも同じだった。

あるいは、彼女のそうした傾向は、少年時代に烏天狗を見たというおじいさんから受け継いだものかもしれない。

生あたたかい夜気をおさえるために打ち水でもしたのだろう。路地の路面はしっとりと濡れ、街灯に照らされたところが鏡のようになって、覗き込む自分の顔がぼんやりと映っていた。

*

すでに完食してしまった鰻重は、またとないような絶品で、ああ、こんなことなら夏子さんも誘うべきだったと悔やむ気持ちが、みるみる旨さに支配されていった。

これは自分だけのまったくの仮説なのだが、本当に旨い鰻というものは、食べ終えたときに小骨が口の中のどこかに刺さり、舌先であれこれといじってもいっこうに動かない。満腹感と引き換えに芽生えたこの小さな気がかりが、それとなく、次に起きることのちょっとした予告になっているような気がする。

通されたのが六畳間の個室だったので、食べ終えるなり、だらしなくぐったりし、三人とも額に汗を浮かばせて、「なんだか申し訳ないね」と口々に云い合った。あまりに美味しいものを食べてしまうと、世間に対して後ろめたい思いになるのはどうしてなんだろう。

小骨がもたらす小さな気がかりは、やはり、鰻を食べ終えて満足そうな茜さんの顔にもあらわれていた。「申し訳ない」というひとことに思いがこもっていて、しかし、「ごめん、わたし、またやっちゃった」と舌を出す顔が、その奥にちらりと垣間見えた。

「あ」と、私が予感に突き動かされて声をあげると、「ごめん、わたし」と茜さんは本当にそう云い出し、

「また、持ってきちゃった」

白い歯を覗かせて告白した。

「え、本当に？」

「だって、あんな話を聞かされたら、もっと読んでみたくなるじゃないですか、先生からの手紙」

「情熱的な手紙、と云ったときの夏子さん、目がちょっと潤んでましたよね」

冴島君は飄々(ひょうひょう)としているようで、そういうところはしっかり見ている。

「だから、ぼくも同感です。もっと読んでみたいです」

伝染したかのように、心なしか冴島君の左目も潤んでいた。

「でしょう?」

こうなると、茜さんはすっかり「気がかり」を脱して開きなおり、無断で手紙を持ち出してきた罪悪感をそっちのけに、むしろ「してやったり」の顔になった。

「なんだか、夏子の話を聞いたあとだと、この――」

茜さんは自分の鞄の中から、これで三通目になる先生の手紙を取り出した。

「この、丁寧に鋏(はさみ)で開封している感じが泣けてきちゃう」

たしかに、さばさばしている夏子さんにしては、神経質なほど注意深く封をあけた形跡があった。他の二通はどうだったろう。ここまで、きっちりと直線で切ったような、そんな印象ではなかったように思う。

「それは期待できますね」

冴島君が腕を組んで水色の左目を光らせた。

「きっと、夏子さんも、先生に負けじとばかりに情熱的な手紙を書いたんですよ。で、その返事として送られてきたのが、この手紙だったというのはどうです？　さて、先生はどんな返事をくれたんだろう、と開封するときに、ちょっと手が震えたんじゃないですか。切り口がところどころ、ほんのわずかですけど、ぶれています」

よく見ると確かにそうだった。普通の人が発見したら単なる当て推量に過ぎないが、冴島君が左目を光らせて考察すると、彼は距離的にではなく、時間的に遠いところで起きたことを透視する術を心得ているのだと信じられた。

茜さんは、封筒の中から折りたたまれた便箋を抜き出し、

「じゃあ、読んでみます」

念のためなのか、あたりをうかがって便箋を開くと、ひと呼吸置いてから、幾分、声をひそめながら手紙を読み上げた。

大谷美知子様

前略、心のこもったお手紙、ただただ嬉しく読みました。ぼくは、このところ、

バッテン語の発掘もはかどり、万事、調子よく日々を送っています。思えば、ぼくはあなたに一目惚れをしてしまって、それからというもの、自分の人生がよい方向に向かっていると確信しています。

ぼくは、そもそも「人生」という言葉が嫌いでした。この言葉が、いつでもこの世界に優劣をつけてゆく――そんなふうに誤解していたのです。「人生」は、どんな物事、どんな思想にも勝り、およそ大抵の場合、優遇されてきました。しかも、その優遇されてしかるべき「人生」というのは、いつでも「自分の人生」で、「他人の人生」であることは、きわめて稀です。

ぼくの人生は、そうしたものに対する反発でした。優先されるもの、選ばれたもの、残されたもの、そうしたものは、もういいのです。ぼくは、その背後に隠されたものを見つけ出し、埃を払って、きれいに磨いて、元通りにしたい。そう願ってここまできました。

でも、人生はそれだけではありません。おかしなことですが、ぼくは優遇されなかったものばかりに気をとられ、他のことに気がまわりませんでした。それでは、同じことじゃないか、とようやく気づいたのです。

愚かなことです。

ぼくは、いつからか、「バッテン」を優遇していました。贔屓にするあまり、優遇されたものを、どこかで敵視していた。人生というものを軽んじて、恋愛や家庭といったものを、自分に関わりのないものと見なしていました。

しかし、あの思いがけない再会が、こうして手紙を交わす時間を生み、ぼくは人生の終わりに差しかかって、ようやく真っ当なものの意味を知りました。どうか、お笑いください。ぼくは、どう考えても「先生」などではないし、いつでも、皆さんに教わっているのです。


「それで終わり？」

私の問いに茜さんは頷き、三人は空になった重箱のふたを閉じたり、箸袋に箸を戻したりして、なんとなく居住まいを正していた。

それこそ、「おかしなこと」である。

先生は、自らの愚かさを吐露し、われわれがよく知っている、あの「白井先生」が覆されるようなことが説かれていた。こちらが、かしこまる必要などどこにもない。

「ぼくは、いまの手紙で、ちょっと考えが変わったかもしれません」

冴島君が左目を閉じてそう云うと、

「それは、先生の言葉にがっかりしたってこと?」

茜さんが、すかさず問い質した。

「いえ、むしろ先生らしいな、と思います。もちろん、ぼくは、先生特有の反骨精神に魅かれていたのは間違いないんですが、なんというか、逆に安心したというか——」

「うん」と茜さんが便箋を封筒に戻して俯いた。

「ぼくもまた間違えていたと気づきました。この左目を得たことで、みんなが感知していない特別な領域を、ぼくだけが知っているんだと自負していたんです。遠くから聞こえてくる声を、ぼくだけが聞いているんだと。でも、本当はそうじゃない。みんな、ごく普通のこととして、遠くの声を受け取っていたんです」

「それってつまり」と私が云いかけると、

「ええ、手紙です」

冴島君は大きく頷いた。

「あまりにいまさらですが、手紙というのは、これすべて声です。しかも、そこには電話と違って時間のずれがある。長い距離、長い時間を経て封を切る手紙もあるでしょう。ぼくは、そうした過去の声を見つけることが自分の人生を賭けた仕事であると思っていました。でも、なんのことはありません、みんな日常的にそうしてきたんです」

それは、冴島君ならではの発見だったろうが、日ごろ、言葉そのものを取り扱っている私は、先生の手紙から聞こえる声より、ちょっとした言葉の端々が気になった。

ひとつは、「あの思いがけない再会」とあったこと。

あるいは、「再会」というのは比喩なのかもしれないが、もし、実際に美知子さんと再会したのであれば、それは、いつどこで会ったのか、どうして、その再会が「あの」と特筆されているのか、抑えようとしても、勝手に想像がふくらんでしまう。

もうひとつは、「人生の終わりに差しかかって」と書いてあったことだ。これもまた、「云ってみれば」という意味合いに過ぎず、先生が、「人生の終わり」を予期していたと、この一文だけでは云い切れない。と同時に、予期していなかった、ともまた云い切れなかった。

こんなことをつい考えてしまうのは、夏子さんが先生の手紙について話し終えたあとに、ふと思い出したように付け加えたことが、頭の片隅でくすぶりつづけていたからだった。

「茜から、先生が亡くなったことを聞いた次の日に、ちょうど、先生から手紙が届いたんです」

夏子さんは、それをじつに素っ気なく口にした。

「わたし、それをどうしても開封できなくて、いまもそのまま――届いたときのまま開封せずにとってあります。そのうち、読んでみよう、でも、もう、その手紙に返事を書く必要もないんだから読んでも仕方ない、と思ったり。それに、それを読んでしまったら、先生からの手紙も本当に終わってしまうんだな、と悲しくなって。それで、そのままなんです。たぶん、このままずっと――」

結果的に、それが最後の手紙になってしまったのだが、はたして、先生自身はそのことを知っていたのだろうか。予期していたことが、いよいよ近づいてきて、きっと、これが最後になる、と特別な思いで書いたのだろうか。

「夏子が云っていた、あの最後の手紙——」

同じ思いに及んでいたのか、茜さんが重箱のふたを、そっと撫でて云った。

「そこにあるとわかっているけれど、どうしても聞けない声というのがあるんですね」

返す言葉が見つからず、私はただ黙っていた。

冴島君もまた同様で、彼は口を閉ざしているだけではなく目も閉じている。

「ああ、そうか」と彼は不意に口を開き、「なるほど、よく聞こえます」

目を閉じたまま、誰へ向けてなのか、つぶやくようにそう云った。

「ぼくはいままで、この左目に頼りすぎていたかもしれません」

「本当に」と茜さんもまた目を閉じて云った。「目を閉じると、耳が起きあがって、聞こえなかったものが聞こえてくるみたい」

そんなことを云われたら、私だって目を閉じたくなる。

しかし、私まで目を閉じてしまったら、小骨の予感によって引き出された何事かを誰も見届けられない。が、私はこうした誘惑にいつも勝てなかった。

私が目を閉じ、部屋の中にいる三人が三人とも視覚を放棄した途端、

「はっきり聞こえます」

冴島君がそう云った。

「本当だ」と私も頷く。

部屋の中のあちらこちらから、ふつふつと湧き上がるように、いくつもの声がたちあがってきた。

決して明瞭とは云えない。

いずれも壁ごしに聞こえてくるような声で、男と女の声、若々しい声、老成した渋い声、あきらめたような、ためらうような、堂々とした、喧嘩腰の、途切れ途切れの、あえぐような、快活な、ダミ声、嬌声(きょうせい)、呼び声、歌声、叫び声――。

声はいまにも消え入りそうな光に似て、集まったり散り散りになったりを繰り返し、部屋の中で小さく明滅しながら、自在に漂っていた。

遠くで犬が吠えている――。

なぜなのか、なぜ、あんなふうに吠えるのか、という私の疑問に、

「遠くから聞こえてくる音に反応しているんです」

冴島君は、たしかそう答えた。

たそがれどき

その話は、ついこのあいだ聞いたように思うのだが、すでに私の頭の中では冴島君のその声が遠くなっていた。輪郭があいまいで、正確な言葉がもうひとつ思い出せない。

「すべては遠ざかりつつある」

と云ったのは、先生だったか冴島君だったか。

そのことを確かめたくて、(彼に会おうか)と考えながら自転車に乗っていたら、なんのことはない、すぐそこの路地の角に彼の姿があった。私を認めるなり、唇の前に人差し指を立てている。

前にもこんなことがあったと思う。が、その記憶もまた覚束(おぼつか)ない。ただ、そのときとそっくり同じように彼は小型録音機を肩からさげ、たしかドイツ製の格別に性能のいいマイクを、あらぬ方へ向けてまっすぐ立っていた。「遠吠えをひろっているんです」と、あのとき彼はそう云っていた。(さて、遠吠えとはなんのことか)と私は首をかしげざるを得なかったが、そのあと、こちらの耳が少しばかりよくなったのか、それとも、たまたま、今回は犬の声が大きいのか、間違いなく、私の耳にも遠吠えが聞こえている。

私は自転車を降り、彼が録音装置の停止ボタンを押したところで、自転車を押しながら近づいていった。

「いまの遠吠えは――」

「あ、聞こえていましたか」

冴島君は私を初めて見るような顔になった。

「いまのは、かなり遠いと思いますが」

「そうなんだ」

私もまた疑うような目になっていたかもしれない。冴島君だけに宿っていたはずの能力――仮にそれを「音を透視する力」とでも名づけるとして、そんな力が自分のような者に備わるとは、とうてい思えない。

「いや、心の持ちようかもしれませんよ」

冴島君は、例によって、こちらの胸の内を読み取っているようだった。

「ぼくだって、常に遠くの音が聞こえるわけではないんです」

「そうなんだ」と私はそれしか言葉が出てこない。

「だって、いつでも遠くの音が聞こえていたら、うるさくってしょうがないじゃないですか」

「じゃあ、どうやって――」

「そうですね」

　冴島君は録音機を鞄の中に収めながら、少し考えて答えた。

「結局、もとめる気持ちじゃないでしょうか。こちらに、それを欲する思いがなかったら、やっぱり何も見つからないし、仮に偶然見つけたとしても、見つけたことに気づきません」

「それはつまり、意識するということ？」

「意識をそこに集中するというか――しかしこれは、なかなか難しいことです」

　冴島君は鞄を背負いなおすと、方角を確かめることもなく迷わず歩き出した。

　私は自転車を押しながら、そのあとをついてゆく。

「難しいというのは？」

「インターネットや携帯電話の普及で、目には見えないんですが、いまこうしているあいだにも、膨大な量の声や音や映像がこの空気中を飛び交っています」

　冴島君は唇を噛んだ。

「ひと昔前――いや、もっと前になるのかな、ぼくが、こうした録音を始めたころは、まだよかったんです。もちろん、すでに情報は大量に行き交っていましたが、いまほどではありませんでした。もっと、空気が澄んでいたんです。余計なものに惑わされることなく、自分が見つけたいものに意識を集めることが出来ました。しかし、いまはもう――」

私は軽いめまいを覚えた。

なるほど、見えないものを透視する能力を授かった者は、目的とするもの以外に、膨大なノイズや障害物のようなものまで見てしまう。

「それで、チューニングというものが発明されたんです。いまはもう、それも見なくなりましたが、ついこのあいだまで、ラジオを選局するときは、小さなダイアルをまわして、ノイズの中からいちばんはっきり聞こえるところを探り出して同調させました。同調によって、遠くの街に犬の吠える声が聞こえたんです」

「ちょっと、待って」

私は冴島君の話をさえぎるように立ちどまった。

「ということは、いつのまにか、その同調が自分のような者にも出来るようになったということ？」

「そうかもしれないです」

冴島君も立ちどまって、こちらを振り向いた。

「何をそんなに驚いているんです？　吉田さんは、そもそも、ぼくが差し上げた銀盤の音を聴いて、最初から云ってましたよ。音と音のあいだに何か聴こえるって。それはもう、同調の可能性を持っている証しです」

冴島君は、いつになく饒舌だった。

「人間は機械じゃなく生きものですからね、そのときそのときで、体調の良し悪しがあるでしょう。温度や気圧や湿度といったものにも大きく左右されます。そうしたことに敏感な人は、誰でも同調できる——というか同調してしまうんです。この、たったいまも」

冴島君は両手をひろげて息を吸った。

「この夕方の時間は空気が青くなるでしょう？　昼でも夜でもないこの時間だけ空気がひんやりとして、舞い上がっていた埃やノイズが、いっとき静まり返ります。街にネオンが灯り始めるまでの、ほんのいっとき。あそこの彼は誰なのか、と目を細めてうかがう、たそがれどきです。この時間は見えないものが見え、聞こえないものが聞こえてくるんです。昔から、この時間になるとですね――」

冴島君は目を閉じた。

「この時間になると、遠くに向けて耳を澄まさなくても、すぐそこの――たとえば、石ころとか雑草とか投げ捨てられた煙草とか、何でもいいんですが、とにかく、あらゆるものから音が染み出してくるみたいなんです。本当に、あともう少しで聞こえるんじゃないかと思うときもあって。でも、どうでしょうか。ぼくは、こうして消えのこった音を探してきましたが、本当にそれを聞き取ることが出来たとして、それがいいことなのかどうか。白井先生の――」

突然あらわれた白井先生の名前に、思わず冴島君の顔を見た。そうして話しているあいだにも、「誰そ彼は」のたそがれどきは深みを増し、冴島君の姿かたちさえ、ぼんやりと輪郭をなくしていく。

「先生のあの手紙にしても」

「手紙って――」

「ええ。夏子さんが云っていた先生が書いた最後の手紙です。夏子さんは、それをまだ読んでないと云ってましたが、本当にそうでしょうか。いえ、それはどちらでもいいことです。ただ、仮に夏子さんがそれを読まなかったとしても、ぼくたちは弟子のはしくれとして、先生がどんな手紙を書いたのか、最後の最後に残した声を聞いてみたいと思いませんか」

「それはもう、正直云って、たしかに」

「でしょう？　でね、ぼくは、この左目を授かってからのあれこれを思い返してみると、もしかして、その手紙を手にしなくても——つまり、それが、たとえば夏子さんの仕事机の引き出しの中にあるとして、それを、そのまま封を切ることもせず、中に閉じこめられた先生の声を聞けるかもしれないと、思ったりするんです」

話を終える前に冴島君が踵(きびす)を返して歩き出したので、私もまた自転車のハンドルを握りなおして歩き始めた。

車輪の動きと周囲の暗さに反応したのだろう、不意に自転車のヘッド・ライトが暗い路地に光を放ち出した。

＊

そういえば、と思い出されることがある。

夏子さんの仕事机の引き出しの中に、「先生の最後の手紙がある」と冴島君は仮定したが、私の机の引き出しの中にも先生の手紙があった。あの見事な桃を受け取る少し前に届いた葉書で、それもまた、「最後」ではないとしても、最後の方に書かれたものであることは間違いない。

仕事場に戻るなり、引き出しから葉書を取り出した。

「『バッテン語辞典』の編集がはかどっています。この調子なら、ぼくの目の黒いうちに刊行できるかもしれません」

先生はそう書いていた。この一文から、先生が自分の終焉を予期していたというふうにも読めるが、それが、もうすぐそこまで差し迫っているというほどでもない。ただ、葉書の末尾に、

「声をつかって伝えてゆくことは、ぼくの仕事にも大いに通じるところがあります。どうか、末永くつづけてください」

とあった。

これは、のこされた者の勝手な憶測にすぎないが、それが私への最後のメッセージのような気がしてならない。

訃報を伝えてくれた水島さんによると、先生の命を奪ったのは心臓の疾患だったという。

《だいぶ前から、悪くされていたようです。》

斎場でのお別れのあとに届いたメールにそうあり、水島さんは、唯一、連絡がとれた先生の妹さんと一緒に、「遺品を整理しています」と書いていた。

（その後、どうなったのだろう）

いまさらのように思い至り、ついでに、と云ったら嘘になるが、先生の遺品にはどんなものがあったのか――、

《たとえば、手紙のようなものは、残されていませんでしたか。》

私はメールにそう書いて、水島さんに送信しておいた。

どうにも気になっていた。

夏子さんの部屋にあった段ボール箱を想うと、普通に考えれば、同じ数の手紙が——夏子さんから先生へ送られた千通にものぼる封書が、先生の部屋に残されている可能性がある。

＊

それから三日ののち、私は茜さんに呼び出されて、神田〈一六書房〉の玄関ロビーに立っていた。前回、来たときはちょうど昼どきで、昼の光の中からロビーに入ると、しばらく何も見えないほど薄暗くて静かだった。

が、今回は午後のおそい時間である。じきに、夕方の一歩手前といった頃合いで、そのせいか、ずいぶんと印象が違って見えた。

にもかかわらず、私のかたわらには巨大な車椅子に乗った大橋さんがいて、相変わらず、駄菓子の詰まったビニール袋と赤い水筒を肘掛けにぶらさげていた。

「あなた、作業員の方でしょう?」

こちらを見上げながらの質問もこのあいだと同じで、しかし、このあいだ大橋さんは左目に眼帯をしていたはずで、いまはもう治ったのか、左目にはロビーの天井に吊るされた照明が映っていた。

「誰に、どんな御用です？」

「ええと」と私は口ごもった。「茜さんに――」

「はい」

大橋さんは（すべて呑み込んでいますよ）といった感じで胸に手を当てた。

「天狗の」と私が云いかけたのと同時に、「読めない手紙のことよね」と大橋さんは大きく頷いている。

あれっ？　と、私はしばし考えた。

呼び出されたのは、宿題になっている「天狗の詫び状」の打ち合わせをするためで、たしかにそれも「読めない手紙のこと」ではあるが、いまや、「読めない手紙」という言葉から真っ先に連想されるのは白井先生の最後の手紙だ。

「昔ね」と大橋さんはロビーの天井を見上げながら云った。「まだ若いころの話だけど、外国のなんとかいう国に住む男の人から手紙をもらったことがあって、それが英語じゃなかったの。もう、さっぱり読めなくて。でも、その手紙がものすごく心のこもったいい手紙であることはよくわかった。封を切って開いたとき、すぐに、便箋からそのひとの声がたちのぼってくるようだったから」

「あの、それってもしかして、天狗の――」

いくら大橋さんが話好きだったとしても、まさか、茜さんが白井先生の最後の手紙について話したとは思えない。それに、大橋さんはその手紙の文字が読めなかったと云っているだけで、手紙そのものが読めない先生のそれとは話が違う。

「そうそう」と大橋さんは嬉しそうに頷いた。「あの羊羹、一人で一本食べてしまったわ」

やはり、そうだ。茜さんはこの陽気で孤独なロビーの番人に、あの羊羹を土産に買ってきたのだ。そして、「詫び状」の由来を話し、そのついでに、私との仕事についても口走った――。

それは、そうに違いないのだが、私はいつのまにか、茜さんの術中にはまってしまったのかもしれない。どうしても読めない「天狗の詫び状」について思いをめぐらせるうち、いつのまにか、恩師が人生の最後に書いたと思われる手紙について考えている。茜さんもまた同じように考えているのではないだろうか。まるで、その「読めない手紙」を、声で描く小説として書いてみたらどうか、と云わんばかりに。

もちろん、起きたことはおそらく偶然である。が、茜さんは、私と冴島君が出会った偶然まで、「自分が演出したものにすぎない」と云った人だ。

「お待たせしました」

私の思いをよそに、茜さんは平然とした顔でロビーにあらわれ、大橋さんに会釈をすると、「こちらへ」と私を誘導するように階段をのぼり始めた。

足早にのぼりながら、「夏子の引っ越しがようやく終わって」と、話は天狗ではなく、いきなり夏子さんの近況である。

「さっそく、見に行ってきたんですけど、驚いたことに、また古びた雑居ビルの屋上なんです。よく同じようなところが見つかったね、と云ったら、なんだか変わりたくなくて、とか云って、あの子、なんだか急に——何と云ったらいいんでしょう、女っぽくなったというか、しゃべり方も妙に穏やかで」

ひとしきり、夏子さんのあたらしい仕事場の話と、女性らしく変身した夏子さんの様子について——ところどころ、息つぎをしながら——茜さんは話しつづけた。

「それで、例の手紙はどうなったんです？」

「え？」

茜さんは、そこで一瞬、階段をのぼる足を止め、それから、急に声を大きくすると、

「ああ、あの千通の手紙は、結局、捨てられなかったみたいです。段ボール箱ごと、そのまま新しい事務所にありました」

少しあわてたように階段をのぼりつづけた。

「え？」と私は声をあげる。「茜さん、まさか、あの最後の手紙——」

茜さんは首を振りながら階段をのぼっていた。

「まさか——くすねてきたとか？」

「わたし、夏子に云ったんです。もし、なんだったら代わりに読もうかって。そうしたら、あの手紙はもう捨てたって。読むのがこわいから捨てたんだって」

「本当ですか」

「さぁ、どうでしょう」

その「どうでしょう」は、私の「まさか」に答えたものなのか、それとも、手紙を捨てたと云っている夏子さんに対するものなのか。

「あれっ」

また茜さんの声が大きくなった。

「屋上の話をしていたので、つい、屋上まで来てしまいました」

茜さんには、そういうところがあった。話に夢中になると前後の見境がつかなくなり、彼女としても、そんなつもりはなかったのに、とんでもないところへ連れて行かれたことが何度もある。

「でも、いいか」

本当に偶然なのかどうかはわからなかった。ともすれば、こうした成り行きも茜さんの演出で、夕陽に染まったビルの屋上は、夏子さんと先生の手紙について話すには、ちょうどよかったかもしれない。

私は茜さんの話のつづきを聞く前に、水島さんからメールの返信がきたことを伝えて、その内容をひととおり話しておいた。

「先生は大抵のものは処分されていて、手紙の類も一切のこっていなかったそうです」

ちょうど、屋上に夕方の涼やかな風が吹いてきた。

「その話、夏子には話さないでおきましょう」

風にあおられた前髪をなおし、茜さんは、かすかに眉をひそめて街を見おろしていた。

「わたしたち——」

それほど高い屋上ではなかった。それでも、街は足もとにひろがるようで、眺めていると、おもちゃのような小さなビルの窓に、ぽつりぽつりと灯がともされていった。

「わたしたち、どのくらい耳を澄ましたらいいんでしょうね」

天狗の詫び状

突然、こんなことを書き始めると驚くかもしれませんが、ぼくはその昔、桃を食らって生きていました。桃畑から勝手に白い桃をもいで、この世で一番の甘露を味わっていたのです。

しかし、ある日、とうとう見つかってしまいました。それも、猟師にです。鉄砲の弾が左の頬をかすめ、ひりひりした痛みを伴って血がにじみました。おそらく、嘴（くちばし）をねらったのが外れたのでしょう。あるいは、あの猟師は、ぼくを大鴉（おおがらす）と見間違えたのかもしれません。

ぼくは人間であることが嫌になって山にこもり、ひとりで仙境を目指す修行を重ねていたのです。そのうち、身につけていた兜巾（ときん）や袈裟（けさ）や肩箱といったものが自分の体とひとつになり、空想の産物であったはずの、あの烏天狗（からすてんぐ）にいつのまにか変身していました。

いたたまれなくなって、岡山を離れ、山から山へと渡り歩いて、とうとう伊豆の伊東までやって来ました。俗世間との交流を断ち、森にこもってひたすら修行をつづけたところ、つくづく、人間世界と縁がなかったのでしょう、伊東へ来て一年が過ぎたころ、大鴉のような黒い烏天狗だった体が、赤い大きな鼻をもった、いわゆる大天狗に変身していました。

　天狗道において、これは人間世界で云うところの進級、もしくは、昇格を意味します。あのとき、ぼくは自分に酔い、まさしく天狗になっていました。やってはいけないことを、つぎつぎ村人たちに仕掛け、峠を通りかかった者たちから食糧を巻き上げました。

　ぼくは羊羹（ようかん）に目がないのです。自分で云うのもなんですが、まったく、おかしな天狗でした。酒はからきし駄目で、とりわけ甘いものが好物というわけではありません。しかし、羊羹だけは話が別なのです。

　もし、峠の旅人が羊羹およびこれに類するものを携えていたら、いきなり飛び出して驚かせ、旅人があわてふためいた隙に、さっと奪い取ってすみやかに飛び去る。あれで、ずいぶんと羊羹をいただきました。そして、こう思ったのです。自分は、かつて白い桃を食べて育ったのに、いつからか、こうして黒いかたまりである羊羹に翻弄（ほんろう）されている。

　嫌になりました。自分の悪行そのものが重荷になり、村人や旅人に、「詫びたいのです」と寺の住職を訪って打ち明けました。

「そうか、お前は悪い天狗ではなかったのか」と住職はすぐに察してくれました。
「ようするに、羊羹を欲していたのだな。たしかに、この森には桃のような格別に甘い水菓子がない。その代用として、あのように黒々とした菓子があるわけだ。いずれにせよ、何のことわりもなく、人のものを奪いとることは罪である。そのうえ、砂糖をふんだんに使った甘いものばかり食べていると、いくら頑強な天狗であっても、いずれ毒となろう。ついては、村人と旅人に向けて詫び状をしたため、これまでの非を許してほしいと懇願したらいい」

それで、一心不乱になって書いたのです。ここぞとばかりに思いの丈を吐き出し、巻物は三メートルもの長さになって、ただ悪行の数々を詫びるだけではなく、自分はそもそも平凡な人間であったのに、天狗に身を転じて世を欺いていたことも一緒に詫びました。

夏子さん。

ここまでは、この最後の手紙のちょっとした余興、戯れ言です。ここからが本題です。長くなるかと思いますが、たぶん三メートルにはならないはずですから、なにとぞ、最後までお読みください。

ぼくはそうしたわけで、伊東で耳にした天狗の伝説にあやかり、伝説ではなく、いまここに本当の詫び状を書こうというのです。村の衆に向けてではなく、あなたという、ひとりの女性に向けてです。

じつのところ、ぼくは天狗のようにあなたを欺いていました。素知らぬふりをして、本当はすべてを知っていたのです。

たったいま、戯れ言と書いたばかりですが、ぼくがその昔、天狗であったというのは、言葉の上では正しいかもしれません。岡山からこちらへ来る前に、伊東で旅館を営んでいた伯父の家に身を置いていたこともあります。

実家が桃をつくっていたので、桃ばかり食べていたのも本当で、故郷では、「神童」と呼ばれ、東京に出てくると、望みうる最良と云っていい大学の門をくぐって勉学に励みました。勉強の他に、これといってすることもなかったので、結果、成績は首位となり、いい気になって天狗になったのも、まったくそのとおりです。

ぼくは、とにかく言葉というものを知り尽くしたかったのです。できれば、この地球上に生まれたすべての言葉を収集するのが目標でした。

しかし、いざ始めてみると、そんなことはとても無理だと知り、それでは、この国で生まれた言葉に限ったらどうだろうかと思いなおしました。

それで、大学を卒業すると出版社に入社し、自ら「辞典編集部」に配属されることを志願して、見事、叶いました。

以来、何十年になるのか。

停年を迎えたあとも顧問として継続し、ほとんど、一日も休むことなく言葉を集めてきました。集めて、整えて、分類して、解説する。言葉の奥に隠されたその意味を、より正しく解明するために研究をつづけてきました。

その一方で、言葉を集め始めた当初から、忘れられた言葉だけで、ゆうに一冊の分厚い辞典がつくれると確信していました。それらの言葉は、時とともに人々の記憶からこぼれ落ちていっただけではなく、何らかの理由や事情があって誰かが言葉を抹殺し、そんな言葉など、どこにもなかったかのように、徹底した隠滅を図った例もありました。

ただ、ぼくはそうした不当な扱いを受けた言葉を、「なんとかしてやりたい」とか、闇に葬った者から奪い返して、「救出したい」と思ったわけではありません。正義を振りかざすようなことは自分に似合わないと知っています。単に、ぼくは完璧に集めてみたかったのです。

そういう、おかしな男なのです。

学術的な理由でもなければ、理由なき反抗でもない。

とにかく、集めたかった。それだけです。

完璧に集めれば、辞典としての価値も申し分ないものになります。どうせ、一生のあいだ、延々と辞典をつくりつづけることになるのですから、そうした正統な辞典とは別に、封印された言葉——すなわち、「バッテン語」なるものを集めたいと願いました。

そうして、『バッテン語辞典』の編集作業が始まったわけですが、美知子さんが若い学生として、ぼくの無謀な辞典づくりを手伝いに来てくれたのは、いつのことだったでしょう。

ぼくは、すでに四十歳をこえていたと思います。となると、三十年前ということになるわけですが、彼女のうつくしい横顔は、ついこのあいだ見たように記憶されています。

でも、その横顔は、あとから手伝いに加わった大谷君が独占するものとなりました。若いふたりは出会うべくして出会い、早々に、めでたく結ばれたのです。

だから、ぼくはそれきり美知子さんのことは忘れました。そもそも、四十を過ぎた自分が、若い学生に真剣な恋心を抱くことなどあり得ません。

これが、ぼくのひとつ目の告白です。

これまで、「大谷美知子様」という書き出しで、数えきれないほど沢山の恋文を書いてきましたが、あれはすべて、美知子さんに宛てたものではないのです。すべては、あの偶然の再会によってひき起こされたものでした。

ぼくは、そもそも偶然を信じません。もしくは、偶然という言葉で何もかも片づけてしまうことを、よしとしません。

しかし、夏子さんとあの日、あの夜、あの何の変哲もない街はずれのファミリーレストランで出会ったことを何と呼べばいいのでしょう。

ぼくは、言葉を集めるのが仕事です。

でなければ、この世のあらゆる物事に言葉を見つけ出してゆくのが、自分の役割だと思っています。

では、あの邂逅（かいこう）は何と呼ぶべきか。奇跡か、運命か、神様のいたずらか。どれも凡庸（ぼんよう）で、下世話で、あのとき起きたことに見合いません。となれば、それが正しいことであるかどうかは別として、「偶然」という二文字をこのときのために自分はとっておいたのだと、そう考えることにしました。

夏子さんはあのとき、仕事の帰りに、「たまたま通りかかって」と云いました。ぼくもそうです。仕事の帰りというより、いつでも仕事中のようなものですが、時間があるときは、街に出かけて言葉を拾い集めるのが仕事でした。それも、あのように庶民的な店で交わされる若い人たちの会話を聞いていると、これまで一度も耳にしたことのない響きに出会って、心躍ることがあるのです。

だから、街を歩いているときに、ふと、ファミリーレストランが目にとまったら、空腹と相談した上で、すみやかに入店し、あの大きなメニューをひらいて、年甲斐もなくハンバーグなど食すのです。

それは、ぼくの日常的な行動のひとつでしたが、どの店に腰を落ち着けるかまでは決めていません。たまたま、あの夜はあの店を選び、夏子さんもまた、あの店で食事をしようと思いついたわけです。

世に「偶然」と称するものは多々あります。しかし、ぼくとしては、あのときのあの出会いだけに「偶然」を使いたい。

でなければ、これほど沢山の手紙を書きつづけてきた理由がわかりません。

というより、ぼくはそう思うことにしたのです。自分に何度も云いました。こうして手紙を書いている理由は、「偶然」の力によるもので、恋や愛といった言葉に託される感情が高まったわけではないのだと。

正直に云うと、あなたがまだ学生だったころに、アルバイトでぼくの手伝いに来ていたときの記憶はないのです。だから、本当は「再会」と書くのは適切ではありません。しかし、「再会」と「偶然」は相性がよく、記憶はないとしても、起きたことは間違いではないのですから、ぼくは、これもまたそう思うことにしました。

つまり、あの偶然の再会が、自分をこんなにも動かすのだとそう思うことにしたのです。

あとのことは、これまでの手紙に書いたとおりです。もし、美知子さん宛に書いた千通におよぶあの手紙を夏子さんが捨てずに保管しているのなら、いまいちど読みなおしてください。

「美知子様」とあるのを、すべて「夏子様」と正しい名前に置き換え、代書をするための代理人としてではなく、あれらの手紙を受け取るべき本人として、いまいちど、お読みいただきたいのです。

いや、それとも夏子さんは、ぼくが美知子さんにではなく夏子さんに向けて手紙を書き送っていたことに気づいていたのでしょうか。

そこのところはわかりません。

もういちど書きますが、ぼくは最初から気づいていました。ぼくが書いた手紙を夏子さんが読み、美知子さんは決して読むことはなく、夏子さんが返事を書いてくれていたことを。

その内容にしても、代書屋として取り繕ったものではなく、ぼくの問いかけに、夏子さん自身の思いとして返してくれたこともわかっています。

もっとも、これはぼくだけが気づいていたのではなく、この数年、ぼくのもとで働いていた学生たちは、皆、気づいていたようです。夏子さんが、ときおり編集部にあらわれると、学生たちは、ぼくに聞こえないよう――実際は聞こえているのですが——「あのひとは、先生のことが好きなんだね」「きっと、そうだよ」と囁き合っていました。もっと云えば、「先生も、きっと同じ思いだね」と学生たちは正しく理解していたのです。

あなたはたぶん、ぼくが気づいていないと思っていたのでしょう。ぼくを騙しつづけていると思っていた。そのことで、もし、罪悪感のようなものに苦しんでいるとしたら、それは、もちろん、ぼくの望むところではありません。なにしろ、欺いていたのは夏子さんではなく、ぼくの方だったのですから。

だから、ぼくは何度もこの奇妙な文通に隠された本当のことを書いてしまおうと思いました。

しかし、本当のことがわかってしまったら、夏子さんはもう手紙をくれなくなるかもしれない。それが恐ろしくて、とうとう、こんなところまで来てしまいました。

どうしていいか、わからなかったのです。

ぼくは、もう七十歳を過ぎ、あなたは、ぼくの生きてきた時間の半分にも充たない年齢です。

もし、ぼくが本当のことを書き、夏子さんもまた本当のことを書き、代書ではなく、本人同士として手紙をやりとりすることになったら、これほど長い文通にはならなかったでしょう。

そんな気がします。

いや、こんなふうに書くと、まるで、本当のことなどひとつもなかったかのように誤解されそうですが、事実は逆なのです。

われわれは、お互いに相手を欺くことで、本当の思いを書くことができました。そうではありませんか？

おかしなことです。

「封印された言葉」を陽のもとにさらすことが、ぼくの仕事だったはずなのに、いつのまにか、ぼくは自分自身を封印するようになっていました。

それは、どう考えてもいいことではありません。

だから、もうこれで終わりにします。

ぼくは、ぼくの終わりの時間が来る前に、こうして、あなたに詫び状を書こうと決めていました。

終わりの時間が、いつ来るのかわかりません。

とはいえ、それは、もうすぐそこまで来ているのではないか、とぼくの体がしきりに訴えています。それが、今日であってもおかしくないし、明日、明後日となれば、なおさら確率は高くなります。だから、ここで告白をもうひとつしておきますと、あのとき――あの店で出会ったとき、あなたから、あなたの代書屋の話を聞きながら、ふと思いついたのです。

美知子さんに宛てた手紙を書き、その手紙を夏子さんの手から渡してほしいと、じつはあのとき、あなたの話を聞いてすぐにそう思いつきました。「それは代書屋の仕事ではありません」と断られたらそれまででしたが、あなたはとても快く引き受けてくれた。何も知らずに、ぼくが送った手紙を美知子さんに届けてくれました。

ぼくは、あの最初の手紙に、じつのところ、こう書いたのです。

「大谷美知子様。あなたはもしかして、長年にわたって誤解しておられるのではないかと思い、終わりの時間が来る前に、はっきりお伝えしておこうと思い立ちました。

以前、大谷君と酒を飲んだとき、彼は、ぼくが美知子さんに恋心を抱いているのではないかと問い詰めました。それで、ぼくは、まさかそんなこと一度も思ったことがない、とありのままお答えしたのです。事実、そうだったからです」

——あなたは、中身が恋文であると思ったでしょうが、実際は、その逆でした。にもかかわらず、何日かして返事が届いたのです。

「先生が私のことを気にかけてくださっていることは、ずっと前から気づいていました」

手紙にはそう書いてありました。差出人は美知子さんです。しかし、ぼくのあの手紙に、そんな返信がくるわけがありません。

となると、それは代書屋の仕事に違いなく、すなわち、あなたが美知子さんになりかわって書いたのだと、すぐにわかりました。わかりましたが、むしろ、それこそ好都合で、もし、「夏子様」と真っ当に書き出していたら、あれほど正直に書けなかったのではないかと思います。

すべて、望んでいたとおりに事が運びました。

決して、恋人同士ではないのに、あたかもそうであるかのように親密な手紙をやりとりし、「代理人」に徹していたあなたと、ときには一緒に食事をすることも出来ました。

楽しい時間でした。

とにかく、自分は女性に縁がなく、このまま終わりのときを迎えることになるのだろうと思っていました。そういう意味でも、あの「偶然」は非常に重みを持っているのですが、あの夜、あの店の窓ぎわの席で差し向かいになり、活き活きと代書屋の仕事の難しさと楽しさを話すあなたに——なんと云えばいいのでしょう、胸がいっぱいになったのです。

いや、そうじゃない。

そんな、ありきたりな言葉で間に合わせられるものではありません。

あの最初のひとときから、いまに至るまで、ぼくは自分でも呆れるほど、絶えず言葉を探してきました。言葉を見つけ出すためにたくさんの手紙を書き、正直にありのままを書くことで、あなたへの想いを表すいちばんいい言葉が見つかるのではないかと期待していました。

でも、とうとう見つけることが出来なかった。

この手紙が最後になります。

もう書きません。書けなくなる前に、どうしても書いておきたかった最後の手紙です。

書き終えたら、いつものように便箋を折りたたんで封筒に入れ、糊でとめて封印をします。

封印のしるしとして、バッテンをひとつ――。

ふと、思いました。

バッテンというのは、「あけてはならない」と少しばかり強い思いを示すものですが、その一方で、「ここにある」と誰かに伝えるための目印として記すこともあります。

ついに、言葉に置き換えることは出来なかったとしても、この封筒の中に――この中に間違いなくあるのだ、とバッテンを書きましょう。

ただひとつだけのこされた、どうしても言葉にならなかった、最後のバッテンです。

遠吠えの聞こえる夜――後書にかえて

「遠くの街に犬の吠える」というおかしなタイトルは、じつのところ、頭と尻尾が要でありまして、つまりは、「遠吠え」というものについて、考えたり、考えるのをサボったり、あるいは、大いに横道に逸れたりして書いたのです。

遠吠えとは何ぞや、ということであります。

いえ、遠吠えを対岸の火事のように聞いている、という話ではありません。当の本人――まぁ、本人が犬であるのなら、「本犬」と記すべきでしょうが――は、なにゆえ、あのように哀しげな咆哮を夜な夜な繰り返すのか。

一体、何に向かって吠えているのか。本犬は何をおっしゃりたいのか。

しかし、こうも思うのです。

ああ、アイツも遠くの街で吠えているのか。じゃあ、オレがここで吠えたら、この思いはアイツに届くのか、と。

まぁ、思うだけで、実際に吠えたりはしないわけですが、一説によると、高めの音程で長く尾を引くような遠吠えは、

「オレはさみしいー」

と訴えているそうなので、

「さみしいー」「オレもさみしいー」「オレもー」

と、あちらこちらから遠吠えが聞こえてくる夜というものは、夜そのものに何かしら秘密があるのかもしれません。

人は、夜のさみしさや心もとなさを紛らわすために様々なものを発明しました。小説もそのひとつです。夜ふけにひとり静かに本を開くことは、ページの向こうにある遠くの街に耳を澄ますことでもあるでしょう。

しかし、昔にくらべて、このごろの夜はずいぶんと明るくなりました。そんな明るい夜に、

「オレはさみしいー」

と吠えるのは恥ずかしいことかもしれません。

「そんなの恥ずかしいよ」「みっともない」「場違いです」「空気、読めてない」と、場合によっては、一気に包囲されてしまい、云いたい言葉、使いたい言葉を胸の奥にしまい込んでしまうことが多々あるように思います。

遠吠えから始まったこの小説は、そうしたこの世から抹消された言葉についても考えることになり、本文の中に次のように書きました。

記録されなかった言葉、あるいは、あえて抹消されてしまった言葉。それらを丹念に拾い集めれば、生きのこった言葉で編まれた辞典と同じ厚さをもった「見知らぬ言葉」の辞典をつくれるはず――。

この文章に、ゲラ刷りをチェックしてくれた校閲さんが、「同じ」と「厚さ」のあいだに「かそれ以上の」と挿入し、「同じかそれ以上の厚さ」にしてはどうですか、と鉛筆で書き込んでくれました。そして、そのあとに、

(過去の時間に消えた言葉の方が、〝生き残り〟より多いかもしれないので…)

というメモ書きがあり、さらには、

(『古語辞典』の項目選定の作業を手伝った数年間の実感です)

とありました。

校閲者と著者は、ゲラ刷りの紙面を介したやりとりしかしないので、お名前も存じ上げませんし、もちろん面識もありません。

しかし、このメモを読んだとき、もしかして、われわれは遠吠えで呼び合っているのかもしれないと勝手に感じ入りました。

即刻、「かそれ以上の」を挿入したのは云うまでもありません。

文庫版のための後書

最初に書いた小説は、「つむじ風食堂の夜」という表題で、つむじ風が吹く十字路が舞台でした。人と人が出会うところが十字路であるなら、じつは、多くの物語が十字路をひとつ隠し持っているのではないかと考えました。「十」という文字が、プラスマイナスの「＋」と同じ形であるのも心強く感じたものです。

ところが、この「十」を、ちょいとひとひねりすると、「×」になり、その変貌ぶりに、少々うろたえました。

十字路の発見から物語を始めたのであれば、その第二章は、「×」の物語こそふさわしい――。

けれども、「×」＝バッテンとは、いったい何でしょう。

バッテンは、いくつかの文字の中に見つかります。たとえば、いま書いた「文字」の「文」にもバッテンが潜んでいます。「文」のもうひとつの読みは「あや」ですが、ここに「文様」という言葉を持ち出せば、斜めに合わさった二つの線が、平坦なものに「あや」をつける文様、模様と解されます。

もうひとつ、バッテンを擁した文字で興味深いのは「凶」という字で、この文字の由来を辿っていくと、古代において、人は死者の胸に「×」を刻んだという故事に行き着きます。転じて、災いを封じるまじないにもなったとのこと。「胸」という字に「凶」が宿されているのはそうしたわけで、「バッテン」が意味するもののひとつは、「墓石」と同等ではないかと思われます。「ないもの」「亡きもの」に記された「×」であり、と同時に、ここに眠っていることを示す、目印としての「×」でもあります。

この、正と負の共存——「ない」と「ある」の共存を引き受けた「×」という記号にいたく感じ入って、この小説を書きました。

ところで、そんなものは、「ない」だろうと思われるものが、じつは「ある」のだ、と驚かされることがあります。この物語においては、「天狗」と呼ばれているものの存在が、それに当たるでしょうか。

祖父は、子供のころに天狗を見た話を、たびたび聞かせてくれました。その不確かな存在は、祖父から引き継いだ自分の胸の中に、ひとつの「×」となって、いまもあります。

この「×」は、物語の中に登場する「天狗詫状」なる羊羹に託されましたが、さて、この羊羹と、その包み紙に転用された「詫状」は、はたして、この世に「ある」のか「ない」のか――。

興味を持たれた方は、ぜひ一度、調べてみてください。

ここには記しません。××××です。

この作品は、二〇一七年五月二十五日、筑摩書房より刊行されました。

ちくま文庫

遠くの街に犬の吠える

二〇二〇年九月十日　第一刷発行

著　者　吉田篤弘（よしだ・あつひろ）
発行者　喜入冬子
発行所　株式会社　筑摩書房
東京都台東区蔵前二―五―三　〒一一一―八七五五
電話番号　〇三―五六八七―二六〇一（代表）
装幀者　安野光雅
印刷所　株式会社精興社
製本所　株式会社積信堂

ISBN978-4-480-43691-7　C0193